侯健康◎著

静心殿

小说集

北方文艺出版社
哈尔滨

图书在版编目（CIP）数据

静心殿/侯健康著. --哈尔滨:北方文艺出版社,
2024.11. --ISBN 978-7-5317-6417-5

Ⅰ.I247.7

中国国家版本馆CIP数据核字第2024MY5908号

静心殿
JINGXIN DIAN

作　者 / 侯健康

责任编辑 / 金　宇　　　　　　　　封面设计 / 现当代文化

出版发行 / 北方文艺出版社　　　　邮　编 / 150008

发行电话 / (0451) 86825533　　　 经　销 / 新华书店

地　址 / 哈尔滨市南岗区宣庆小区1号楼　网　址 / www.bfwy.com

印　刷 / 成都市天金浩印务有限公司　开　本 / 880mm×1230mm 1/32

字　数 / 140千　　　　　　　　　 印　张 / 6.5

版　次 / 2025年5月第1版　　　　　印　次 / 2025年5月第1次印刷

书　号 / ISBN 978-7-5317-6417-5　定　价 / 48.00元

打捞时代的记忆与沧桑（序）

任东华

　　侯健康先生当过民办教师、从事过公务员工作，后来当过部门领导。在不同的身份转变中，他始终热爱文学。在一次创作访谈中，侯健康先生曾对自己的文学创作做了一个小结："从湖南文艺出版社 1985 年第 4 期《新天地》杂志发表的第一个短篇小说《卖房》，到 2024 年第 11 期《青岛文学》杂志发表的短篇小说《将爱束之高阁》，中间有过四十年的时间跨越。在漫长的历史长河中，四十年只是昙花一现，而在人生的隧道里，四十年却足以解读其经久与沧桑。"而对于小说创作，他专门进行了回顾，一是跨度之长，二是坚持之久。因此，他的小说创作从"主题先行""道德灌输"到"伤痕文学""寻根文学""改革文学"，都有过尝试。四十年来，他始终将文学作为皈依，将创作作为日常生活的生存方式，不断探索如何进入沉浸式的创作状态。他的小说，仿佛一面社会底层的镜子，高度缩略地反映了这个时代的悲欢离合，风雨人生，《静心殿》就代表了他在这方面的成就。

一、小说呈现了时代大潮的活水微澜及其流变

作者自谓赶上了好时代，从他踏上文坛伊始，中国社会就在改革开放中经历了翻天覆地的变化。这种状况也为作家创作提供了广阔无垠的题材、机会与舞台。侯健康先生凭着对文学的热爱，以及走出社会最底层的动力，不断地写身边的人、事、物，敏锐地感受着时代的巨变与细节，在不经意之处，犹如显微镜似的，聚焦着乡村家长里短、社会日常生活，以及各种道德、人伦及亲缘关系缓缓地且不可逆转地变动，还有各种新因素、新价值、新状态的萌芽。如《卖房》的情节是十分简单的，故事却写得曲折有致：在吃"大锅饭"的年代里，村里盖起了一栋公房。改革开放以来，农村要实行责任制，这栋公房要作价卖给私人。于是，围绕着房价问题，在村民大会上引起了一场小小的风波。一些私心颇重的人在暗使心计，钩心斗角，想以有利可图的价格将房弄到手。而最后，"全村的第一大富户"杨业成以人们不敢想象的高价，压倒了一切竞争对手，把房子买到了手，并在人们困惑不解的时候，将它无偿地让给困难户使用。编辑将其誉为"这是一幅当代农村生活的风情画"。

其实，在这篇小说里面，作者还敏锐地感受到了，时代变迁彰显了人性中的幽暗部分，但他同时又深刻地思考了，如何在市场经济的转型过程中坚守或者重构正面的价值取向。作者的期待是美好的，但也面临着人性根深蒂固的挑战。如何处理好公与私的问题，无论是对社会发展还是个体的价值观重建，都有根本的

启示意义。作者以"微现象"撬动"大问题",至今读来仍有极大的启迪意义。这种善于在杯水中掀起波澜的本领,在其他小说作品如《鬼妹子》《摊子客》《摆渡老倌》等作品中都有较为生动、形象与令人信服的呈现。

二、小说描绘了芸芸众生,尤其是"小人物"的酸甜苦辣

在文学创作中,人是社会关系的总和。因此,文学必须"在塑造生动、丰富的人物性格的基础上,以一种开放、多维、动态的艺术方式,全方位地写出社会生活里人与人之间复杂的现实关系,全面、真实、深刻地反映出社会生活原有的形态、内在的生存结构和某些方面的本质。如此艰巨的任务,只依靠主人公一个'光杆司令'是无法完成的。"因此,在文学创作中,环绕在主人公周边的次要人物就显得极为重要。尤其是那些看起来无足轻重的"小人物",他们像一面面多棱镜,从不同的方面"折射"着主人公的形象,补充着主人公的性格,丰富着主人公的生命色彩。那么,何谓"小人物"呢?在文学作品中,"小人物"一般是指人物设定平凡,没有什么背景的角色,与作品中着重刻画的重要人物相比,他们往往生活朴素,思想普通,没有做出轰轰烈烈的大事件,但就是这些"小人物"形象,在文学表现中发挥了不可替代的作用。在侯健康先生的小说创作中,由于来自身边的素材、题材的选择,他所刻画的人物形象,主要都是现实生活中的"小人物",《静心殿》《将爱束之高阁》《拾弹片的孩子》等作品的人物塑造,差不多都是如此。正如作者在创作谈中所提

及的：

"我首先要告诉读者的是，我有许多的亲戚在广东打工，包括我的侄儿、外甥、侄女等，他们的打工生涯充满着太多的困顿、喜悦和忧伤。他们每个人的打工经历都可以写出一部斑斓多姿的文学作品。我在《静心殿》里塑造的'外甥'这个人物形象，应该说挖掘了我的这些打工亲戚的生活经历。"

那么，在我潜意识的认知中，外甥这个人物究竟是个什么形象？我觉得他是一个有梦想、有追求、有奋斗，但也有彷徨、有萎靡、有堕落，心高气傲，心浮气躁，大事干不成，小事不想干的人。但是当人生遇到太多的挫折失败，他便逐渐走向安宁，走向稳重，走向成熟。

另外，父亲李志高、母亲张红，以及木匠李木然（《将爱束之高阁》），容乃大、张钰、刘铁军，以及茶楼牌友等人（《日子咋过》），他们的学习、工作、恋爱、成家、交际，以及生儿育女、事业成败、抵制诱惑的矛盾与困惑等，作者都娓娓道来。作为芸芸众生，他们都要经历柴米油盐的琐碎与无聊，职场的钩心斗角及其困境，为生存不得不抛却的清高与傲气，以及社会的人心险恶，这些仿佛都像炼狱，只有经历过，方可真正地洞察人生。因此，在他们的人生中，小悲愤、小离合、小烦恼不断地充塞其中，既让他们的生活充满着诸多的不确定性，同时又丰富着他们跌宕且不乏意义的人生。侯健康先生对"小人物"的塑造，无疑有着他的不可替代的作用，并充满了十足的人间烟火气。

三、小说张扬了现实主义艺术的原创力与生命力

在回顾自己的创作生涯时，侯健康先生既回顾了那些年写作的五花八门，涉猎小说、散文、报告文学、诗歌、杂文、曲艺、童话、寓言、新闻通讯等诸多文体，又强调了自己对创作的坚持。二十世纪初以来的二十多年，由于他从事的是公文类的写作，几近远离小说创作，但在这期间，他还是关注文学，也出席了一些文学活动，更重要的是他一直没有离开文字生涯，并在《中国党政干部论坛》《中国政治》《领导科学》《人民论坛》等期刊发表了大量的文章。这二十多年，虽然没有直接创作小说，但生活的历练，尤其是继续从事论文写作，应该说，对后来的文学创作，无论是艺术的训练，还是思想主题的升华，都奠定了一定的基础。这种广泛涉猎与执着坚守，使他的小说创作紧紧聚焦于现实主义艺术，并具备了深刻的穿透力。

面对着新世纪以来眼花缭乱的各种思潮、流派与艺术手法，侯健康先生既兼收并蓄，又始终坚持开放的现实主义。他的小说创作从实践层面不断地拓展艺术与现实的审美关系。无论是《刘大伯赶集》《圆妹》等文本，还是《月光分外明》《星星眨眼笑》等作品，作者将现实主义的普遍艺术与地方独特的生活、风情与习俗进行结合，从而鲜明地呈现了现实主义艺术的"这一个"。

首先，侯健康先生用精确的现实主义手法，塑造了外甥、杏花、云芳妹子、刘建斌、张友国等现实中原生态的人物，他不刻

5

意精雕细琢，而是通过若干细节描写，自然而然地让这些人物"浮现"出来，他们的性格、心理、态度、价值取向等，都毫不做作，而是仿佛水到渠成，呈现了现实主义的本真状态。这种接地气的写作手法，不断地刷新了现实主义的敏锐、光芒与质地。

其次，在小说创作中，侯健康先生不仅将现实主义当作一种创作方法予以使用，而且还将其当作一种诗性智慧而流淌于文字的叙述之中。无论是《静心殿》《将爱束之高阁》，还是《摊子客》《友谊树》《日子咋过》，作者不仅在情节上取法自然，而且还在宏观结构上巧妙布局，浑然一体；不仅在逻辑上环环相扣，而且还追求水到渠成而非刻意而为，这样就将历史叙述变成对生活本身的"还原"。

再次，侯建康先生追求现实主义的老实、朴素、生动的叙事风格。无论是记事、抒情还是写人等，作者用地道的本土语言予以表现，不喧闹、不虚实、不赶潮，而是实事求是地呈现出语言本身的泥土性。

概言之，侯健康先生秉持初心，以自己的坚守与执着，在小说园地里孜孜不倦地耕耘。作品数量虽然有限，但丰富的文本仍然为我们留存了时代的深刻记忆，也写出了乡村人生的百味与沧桑，从而为我们镌刻了一幅既色彩斑斓又让人无限感慨的历史纪录。

是为序。

2024 年 11 月

作者系湖南省文学评论学会副会长，衡阳师范学院文学院院长、教授。

CONTENTS 目录

静心殿

2

静心殿

一

那天，外甥远道而来，他的心里充满莫名地烦躁，说不出的焦虑如阴云般一寸寸吞噬着他的心房，头昏脑涨，精神状态陷入极度的崩溃。他说大概就在半年多以来，总是心烦意乱、坐立不安，静不下心来做任何一件事情。外甥这次专门坐了两个多小时的高铁，从他度过了近二十年打工生涯的深圳来到了我所居住的这座城市，希望从我这里得到治愈病症的妙方神药。

我说我不懂的，我没有这方面的知识和经验，根本无法解除他目前的这种痛苦。我说心浮气躁、焦虑不安是人的一种惯常的心理反应，我也有这种毛病，尤其是当工作、生活不顺的时候，这种生理情绪就愈发膨胀，关键靠他自己调整心态正确应对。根据他目前的症状，大概是患了一种心理疾病，我建议他应该去看一下心理医生。

可是，外甥始终坚信我能治好他的病症，将他从痛苦中解脱出来，并且举证说，他读过我写的小说，知识面涉猎医学、心理

1

学、教育学等多个领域，还进一步推理，我每天能够独坐书房连续写作三四个小时，单单这种静功与坐功的窍门就可传于他，足以让他效仿和受用。

外甥不知道也不理解一个小说作者的专业就在于写作，他的专业特长就在于用语言的组合拼凑故事，至于涉猎的专业知识只是浅层次的认知。但是，他的关于我能潜心写作的话倒是提醒了我，假如能有一件事情让他沉醉和愉悦，那么就有可能实现心理的超脱，从而在短时间内就可摆脱这种心理病症对于他的折磨。

我这个人历来心地善良、乐善好施，何况外甥是我亲姐的儿子，我只有一个姐姐也只有他一个外甥，我看着他长大，一直以来舅甥俩感情深厚，只要他有难处，哪怕只有一丝的机会能够解除，我都应该力所能及地去帮帮他。

我有过这方面的亲身体验，当生活中遇到一些烦心事的时候，就有意识地读读文学作品，听听古典名曲，在音乐的抚摸和沉醉的阅读中，舒缓和释放躁动的情绪。基于这些体验和认知，我把外甥带到书房，让他看看我满屋子的书籍，并顺手从书架上抽出一本路遥先生的小说《平凡的世界》递给他，对他说："你今天就好好静下心来看看这部小说吧，我知道你青少年时期也有过阅读的习惯，这部小说感动过几代人，你耐下性子看完，就会有不一样的心理体验。"

为了营造一种阅读的环境和氛围，我拧开了书房里的音响，播放出《盛夏和蝉鸣》这首世界名曲，顿时优美舒缓的旋律像溪水般在书房里静静地流淌。

让我颇感欣慰和自豪的是，我说的话外甥一般都能遵守照办。这不，当我刚刚打开音响，在萦回着直击心灵的乐曲声中，他便翻开书页，屏声静气，眼睛直勾勾地盯住书上的每一个字，开始了他的阅读。

让外甥读这本书其实也有我的良苦用心，除了唤起他青少年时期的阅读习惯为其狂躁的心灵疗伤之外，更希望他通过这本书的阅读，学会在艰难困苦的环境下，能像书中的主人公那样，保持一种坚韧不拔、昂扬向上的精神和力量。

当然我也知道，外甥已年届不惑，绝非倾读一部小说就能感化的纯情少年，况且他也少有我们这般所谓的文人一样的雅兴。但我相信，人毕竟是感情动物，有情感就有可能被激发出来。

我走出房间轻轻地关上房门，心里颇为得意地勾勒着外甥顷刻之间就会走进路遥先生构筑的宏大史诗中，追随着主人公孙少平、孙少安的人生足迹，获得一份心灵的净化和升华。

这一整天，外甥几乎没有走出过书房，中午饭我给他叫的外卖，晚上我特意到菜市场买了鱼尾虾、炸鸡腿和精瘦肉，很少下厨的我专门下厨为他做了几道菜，当香喷喷的饭菜端上桌子的时候，我才把外甥从书房里叫了出来。

看到我为他专门做的这些丰盛的菜肴，外甥甚是感动，连连说道："做这么多菜，舅舅您对我太好了。"我顺便问了问："看到哪个章节了？"外甥说："再有个把小时就可以看完了，我觉得……"听到他欲与我交流读书的感想，便打住他，说："先吃饭吧，你全部看完再说，晚上我们在书房交流一下。"他也没再说什么，默默地吃着饭，我不断地把菜夹到他的碗里，他快乐地嚼着，有些幸福的模样。吃完饭，他又继续回到书房看书去了。

我收拾好碗筷，在客厅里静坐了一会儿，看了一阵电视，转眼到了晚上十点多钟，我便走进书房，这时外甥也刚好把小说看完，我问道："怎么样？看完之后内心有些什么感触？"

外甥回答说："让人感动得流泪，也给人前行的力量。可是，对孙少平的人生态度，我并不完全认可，他完全可以有更好的人生，有更好的爱情，为什么就要选择一个寡妇，当一名煤矿工人呢？他完全有更大的作为啊。"

我说："人是不能完全脱离于现实的，他当时所处的环境下，有更多的选择吗？人也不能太自私，只为自己考虑，都不当煤矿工人，发电生产、家庭生活，哪来的煤呢？我们要立足于脚下，奉献于更多的人，为全社会所认可，人生才有价值有意义，正所谓'既要仰望星空，又要脚踏实地'。"说完这些，我自己也感觉过于空虚，说给他听有些苍白无力。

"那么，他对于自己、对于家人、对于这个社会的贡献不就大打折扣了吗？人就应该生活在社会的最底层？"外甥似乎还有更多的想法与我辩论。

说实话，我无意将这场讨论继续下去，那就相当于对这部作品的思想和理论进行探讨，如此，显然我是选错了对象。我便打断他的话："好了，你今天也很累了，洗漱早点儿休息吧，有话明天再说。"

这天晚上，外甥就睡在我隔壁的房间，我不时听到他翻动身子挤压床板发出的"吱吱吱"的响声，夜间他还曾起来过两次，不时长吁短叹，似乎有着莫大的忧愁和苦闷。可以想见，他这一个晚上都没有睡好。

第二天，他一早起来，只见他眼睛红肿，脸色不佳，身心显得十分疲惫，我关切地询问他："昨晚没睡好？"

"嗯，差不多一个晚上没合过眼，心里还是烦躁得很。"

"你啊，心性得好好修行一下。"说到"修行"这个词，我突然记起，前些日子，我应宗教局一位朋友的邀请，去一所叫普济寺的庙宇参观，里面有一个叫作"静心殿"的庙堂，许多社会上的居士在此诵读经典、修身养性。听寺里的住持介绍，这些修行的居士，来之前大都有些心理问题，有的是自己找过来的，有的是家人送过来的，希望在这里修行一段时期，以达到清心寡欲、心安无忧、潇洒达观的境界。回忆起这件事情，我就想，依照外甥现在的状况，是不是可以让他到那里去体验一下呢？或许那儿才是他心理疗伤的最佳之地。

当我把这个想法跟外甥说出来的时候，没想到他一口应承，并强烈要求说："舅舅，您送我去吧，可能只有佛门净地才能让我这颗躁动不安的心得以沉淀。"

我想也好，就这样决定，当即我拨通了宗教局那位朋友的电话，约好了前往的时间。我出门去给外甥买了一些洗漱用品和两套换洗的衣服，当天上午就把外甥送到了普济寺。

普济寺的住持成熟稳重，慈祥的面容流露出和善的光芒。我向他简单地介绍了一下外甥的情况，说了一些拜托关照之类客气的话语。简单交接之后，我便驱车回城了。

在我与外甥分别的那一刻，他的眼眶里溢满了液体，我立即转过身去，生怕在外甥面前留下作为长辈的尴尬，但外甥分明感觉到一股酸楚在我心头涌动。

回家的路上，我打开车内的音乐，缠绵的乐曲在车内萦绕流转，而我的心绪却如三月里南方的土地，一直湿漉漉地沉重。

二

外甥出生于一九八一年，乡里土生土长，从小算得上聪明伶俐，小学、初中的学习成绩一直在班上名列前茅，遗憾的是初中毕业的那一个学期，因为把太多的心思花在给女生传情书上，导致的最终结果就是中考名落孙山。我姐倒没怎么特别失落，因为我爹当年就跟我们说："读书莫霸蛮，别伤了身子，爹当了一世的农民照样过日子。"在他的潜意识里，读书的终极目的就是跳农门，跳不出农门也无所谓。这种思想观念便直接影响到我姐，行动上的表现就是对儿子的学习不闻不问，她说不少他吃不少他穿，至于学习上的成败就靠他自己了，哪像我们今天的家长，为了子女的教育几乎倾其所能和所有，导致中考、高考录取的分数线竞争得一年比一年离谱。我姐对我外甥说，没考上就没考上吧，正如外公当年所说当农民照样过日子。

外甥初中毕业的这一年已经十六岁，高矮胖瘦看起来就像一个成年人了。那年冬季征兵，他就很想报名参军。那些年，参军是最大的政治，也是一件最荣耀的事情，农村青年报名参军的人员常常是排成一条长龙。可当年的报名条件有两条硬杠：年龄十八周岁以上，文化程度高中以上。但看到儿子的迫切愿望，姐夫求爷爷告奶奶，请求村干部将外甥的户籍年龄改成十八岁，那时农村的户籍管理既不严格也不规范，很容易就把事情搞定。随后姐夫又托人找到我们老家在一所县办中学当副校长的老乡，办了一个假的高中毕业证。这样外甥就名正言顺地报了名。十六七岁的年轻人，身体棒得如石墩子般结实，体检自然没任何问题。这不，外甥戴上大红花，在敲锣打鼓的欢送声中，走进了人民军队这座大熔炉。

部队三年，外甥也没辜负部队的培养教育，扎实训练，在几次演武比赛中拿过奖励，入伍第二年就当上了班长。但毕竟麻袋布绣花，底子太差，最终过不了军事院校的文化考试关，三年义务兵的责任履行完毕，只能摘下领章帽徽回到三年前的所在。

这时候农村青年外出务工潮已呈汹涌之势漫进城市，外甥退伍回乡没有待上一个月，就随一帮青年人涌入了南下打工的激流，凭着年纪轻轻又有着退伍军人的金字招牌，很快在一家电子厂找到了工作。

电子厂是一家外资企业，马克思说，资本家为追求利润的最大化，不惜一切手段地榨取工人的剩余价值。马克思这套关于"剩余价值"的理论学说，年轻的外甥算是彻底见证了它的生动实践。他们在这家厂里上班，每天至少工作十二个小时以上，晚上加班几乎是家常便饭，每个月就是发放工资的那一天放假休息，让工人们上街采购一些生活用品。而工资实行计件制，就是每天加班加点满打满算，拼死拼活也就五千来块。外甥想，这样干下去，不仅会累坏身子，也赚不到多少钱，更发不了财。最终外甥在这家厂里才干两年多就辞职了。

说起在这家厂子打工的重大收获，唯一让外甥感到幸福的是，结识了同在厂里打工的贵州姑娘钰。钰那年才十七岁，初中毕业就跟随父母来到了广东打工，当年的贵州农村妹子普遍身材不算高挑，但钰却亭亭玉立，明眸皓齿，光彩照人。外甥几乎是一见倾心，于是便找各种理由与其套上近乎，只要加班不是太晚，吃夜宵便成了每天晚上必演的节目，几个月下来就有了缠绵婉转的关系。外甥二十四岁那年，他把钰带回了农村老家，父母为他们举行了一场热热闹闹的婚礼，把钰体体面面地娶到了身边。

新婚不久，小夫妻继续回到广东打工，他们从职工宿舍搬出来租了房子居住，钰暂时没有找到新的工作，就仍然留在电子厂上班，外甥则在一家娱乐场所找到了一份做保安的工作。

说是保安，有时也是服务生，活儿比在电子厂轻松多了，工资也高出一大截，电子厂与这里更不能比的是工作环境，接触到的人和事都发生了根本性的变化，来这里消费的大多是腰缠万贯的大老板，一个个派头十足，花钱如流水。外甥算是大开眼界，这段时期，他恰似走进了人生的高光时刻，幸福且惬意。

日长月久，周而复始，当新鲜与好奇逐步成为过去，外甥亦生出诸多的烦恼与不适。有钱人生活得纸醉金迷，他们却重复地做着这种侍奉人的活儿，外甥的心里就生出诸多的不平衡来：都是人，本无高低贵贱之分，我为什么就要这样低三下四地侍奉你呢？

当负面情绪日积月累，外甥也便渐渐产生了对这份工作的厌倦。那些日子，他一边应付性地干着保安的工作，一边开始寻思着新的出路。有一天，他路过原来打工的厂子，看到厂里的员工赶到一个很远的店子去吃饭，一个新的想法像火苗似的在他脑海里燃烧起来，那就是在电子厂的门口开一家小饭店。他跟媳妇商量，钰也表示完全认同。于是，他很快地辞掉了娱乐场的工作，这边紧锣密鼓地筹划着饭店的开办。他们在电子厂的右门口租下了一家店铺，进行了简单的装修，门口搭了个棚子，无形中增加了二十多平方米的营业面积，摆了十几张桌子，挂上了"打工仔饭店"的招牌。外甥在部队学过厨师，炒一般的家常菜是他的拿手好戏，开饭店就用不着另请厨师了。择了良辰吉日，"打工仔饭店"立马就开张营业了。没承想，店子一开张生意就火爆。随着饭店名气的逐步扩大，来此就餐的顾客日益增多，外甥叫媳妇钰也辞了工作，把岳父岳母一同叫过来帮工，刚开始每天只做早中晚三餐，当有人加班后到处找吃的，店里便拓展了夜宵业务，慢慢地，这吃夜宵的人如春潮般涌来，人数比白天吃饭的人还多。两年多下来，外甥算是靠开饭店发了一笔小财。

然而，正如古人所言，"天有不测风云"，受二〇〇八年全球金融危机的影响，我国沿海城市许多外资企业遭遇危机，电子厂也难逃一劫，起初是大量裁员，接着宣布停工停产。外甥这家几乎完全依赖于电子厂员工存活的"打工仔饭店"，生意锐减，工厂关闭后，也就入不敷出，苦苦支撑了一年多时间最终也没能逃过关门歇业的结局。

这之后有一段插曲，其实也不算是插曲，甚至可以说是一件大事，这件事对外甥的心态变化及未来的人生走向都有着极其深远的影响。那大概是二〇一三年的时候，三十一岁的外甥回老家住了半年，这半年里主要是做了两件事：

一件事是学驾驶考驾照，那些年广东考驾照的收费比我们这

9

边高，外甥就选择了回家乡考。按照他的说法，汽车不仅是代步工具，对于普通老百姓来说，驾驶汽车也是谋生的手段。

另外一件事就是回村参加村主任的竞选。外甥待人热情，虽说长期在外打工，每次回乡，见到谁都客气地打招呼、散香烟，还常常抽时间去看望村里的一些老人。外甥也很仗义，村里有个邻里纠纷之类喜欢站出来讲句公道话，打抱不平。在农村，真正的老好人干部并不受待见，其实百姓心里有杆秤，大家认为这样的人没有原则立场，选举时并不一定赢得多少选票。因此，外甥在村里人心里还是留下了一个好的印象。村里换届选举，老主任年龄偏大，即将退休，必须选一个新主任，外甥的那班同学们就怂恿他出来竞选，都说他是退伍军人，有先天的优势，人脉又好，完全可以脱颖而出。外甥便抵不住大家的好意，特地从广州赶回来参与村主任的竞选工作。岂知竞争对手是乡里的一位领导的弟弟，平常也给了村里人一些小恩小惠，加之老主任表面上承诺给外甥以全力支持，暗地里却力挺外甥的竞争对手。这样一来，最后外甥以四票之差败走麦城。这事对外甥的打击非常大，从此他对外宣称：家乡是自己的伤心之地，这一辈子不混出个人模狗样，发誓再不回乡。

此后几年，外甥倒真的有七八年没有回过家乡，往往就是委托媳妇钰带着孩子回家陪父母过年，自己有两次回来，也只到达县城，看了看在校读书的儿子和陪读的母亲。我们也曾多次劝过他："有钱没钱，回家过年。"外甥总是说没赚到钱，没脸面回来。

近十来年外甥究竟在外面混得怎样，又做了些什么事情，村里人也不得而知，神神秘秘，众说纷纭。但大多是对他自身形象不利的负面影响，但有一点外甥至今为村里人所称道，就是无论有工作还是没工作，无论身上有钱还是没钱，哪怕东挪西借，他也要把两千元的生活费打到父亲的卡上，这事成了外甥在村里几十年经久不衰的佳话。

三

外甥进入普济寺静心殿修行的第六天，远在广州的外甥媳妇钰给我打来电话，说是外甥出走六七天了，也没给家人打个电话告之去处，问我是否知其下落。

我把大致情况跟外甥媳妇说了一下，我说只要他情况好转，我就会马上让他回广州，借此我也叮嘱外甥媳妇多给外甥一些安慰，消除他心理上的阴影。

挂了外甥媳妇的电话，我就立即跟普济寺的住持联系，了解外甥的修行情况。住持说外甥本来就没有多大的心理问题，只是想法太多，既想东墙挖井，又想南墙开矿，事业不太顺畅，就心浮气躁起来。现在情况大有好转，过一两天就可以让他回去了。

过了两天，我跟单位请了假，专程开车去接外甥。到了普济寺，通报了一些情况，外甥便走出门来。我看他健步如飞，脸色红润，情绪也稳定，比起修行之前，无论是人的气色，还是思想情绪，都大不一样。外甥见面就说："很不好意思，总是耽误舅舅的时间。"

在回家的路上，外甥给我讲起了这几天的修行情况。说每天早上起来，面向晨曦初露的东方，静静地坐上半个小时，然后念诵经文；上午听文化大师或德高望重的方丈讲一些清心寡欲、修身养性的道理；下午相互交流，分享人生的淡泊与快乐，时间很快就过去了。他说经历过这么几天的修行，心里确实平淡多了，现在只想早点儿回去找一份合适的工作，带着老婆、孩子好好过自己的日子。

我说："很好，你媳妇正在到处找你，你赶快给她打个电话，报个平安，然后尽快回到她的身边。"外甥照我说的做了，并告知今天下午就会回去。在外甥跟他媳妇通话的时候，话筒里传过来抽泣的声音。我说："你看你老婆对你多好，人家十七岁就跟了你，为你生儿育女，你要好好待她，家好才是真的好。"

外甥说："好的，我会记住您的话。其实这次我不该来找您，丢下老婆、孩子不管私自出走本来就不对，还来打扰您就更不对了。"

我说："没关系的，你是我的外甥。"

外甥接着说："我知道您是一位喜欢独处的人，我听我妈说，您在农村老家建了一栋房子，您常常一个人回到家里，一待就是十天半月。"

我说："有的人不喜欢独处，喜欢热闹，喜欢群聚，他们觉得独处孤独寂寞，身心均难以忍受，那是一种痛苦。而我喜欢独处，那是因为我孤独并不寂寞。你看我一个人住在乡下，种点儿小菜，弄弄花草，思考一些问题，并将思考的问题变成文字，这种独处让我沉醉其中，享受到心灵的宁静和身心的愉悦，更感到一种生活的充实。"

外甥说:"舅舅,我懂了,您是在专注地做一些事情,人就得专注地做好一件事,无论这件事的大小,只要你用心地去做,你就能够远离浮躁的心情,摆脱一些负面情绪的影响,做的这件事也会稍有成就。"

外甥说完这些话,让我颇感震惊,这普济寺的修行,确实没有白费工夫,我的心里也就对外甥充满了期待。

一路聊了过来,我们很快就回到了城里,这时也到了吃中饭的时间,我跟外甥说:"我就不在家里做饭了,在外面随便吃点儿。"在离高铁站不远的路边上,我找了一家小店,点了三荤一素,也算为外甥饯行吧。吃过中饭,我径直把他送到高铁站的门口,挥手告别之后,我就返回了单位上班。

这以后的事情,我以为外甥会慢慢好起来。然而,大大出乎我的意料,外甥回到广州的经历却与我的期待大相径庭,这是我后来才了解到的事实真相。

那天我把外甥送到高铁站,之前他就在手机上预订了车票,下车后就直奔候车室。下午一点半准时登上了开往广州的高铁。跟他同坐的两个人,一男一女,男的四十多岁,戴一副金丝眼镜,西装革履,举止温文尔雅,颇有文化大家的风度。女的三十来岁,身材高挑,体态轻盈,飘逸的长发,秀丽的面孔,气质高雅,让人一看就感觉是哪家大公司的高层白领。开始,他们与外甥天南地北地闲聊,话题多涉及创业、开店、发财之类。听到这些话题,外甥脑海中那根刚刚沉睡而又敏感的神经,仿佛又被轻轻拨起,心情立马开始亢奋起来。他主动地向这一男一女打听:"两位大人在哪里高就啊?"

那男的顺势从公文包里掏出一张名片递给外甥，外甥低头看了看，还轻轻地念出声音来："中国网络联盟协会会长、中国网络营销总裁肖正凯。"女的也跟着掏出名片，外甥照样极具礼节地双手接过，轻轻念道："中国网店联盟上海总部董事长郭敏。"看过两位大师的名片，外甥叹为观止，连连拱手："难怪，看你们的风度气质就是了不起的人物，小弟拜二位为师了。"

这位号称中国网络联盟协会会长的肖总裁，煞有介事地说道："为师不敢当，不过啊，我们这次来广州是应广东商会的邀请，来做网络营销讲座的，你也来听听吧，外面卖八百块钱一张的门票，我们有缘今天走到了一起，我带你进去，门票就免了。"

外甥本能地推脱道："我不懂的，就不参加了。"

这位叫郭敏的上海网店总部董事长接话说："世界上没有懂和不懂的绝对区分，做任何事情你不能首先自我否定，你首先得充满自信：我行！我能！都是人，为什么人家是明星，你就只能做一个普通人呢？其实人与人之间潜能的差距不大，你只是少了一个团队的包装和运作，假如有这样一个团队来替你包装和运作，你也会成为一个明星。"

两位大师的话，外甥晕晕乎乎、似懂非懂，但他对自己还是有一个基本的评估，再有什么人来包装和运作，自己都不可能成为什么明星的。

看到外甥还在犹豫，郭会长便说："如果没有什么急事，听听无妨的，学无止境，商无国界，我们又不会从你身上拿走什么东西。"

下了高铁，随着一辆接送两位大师的奥迪牌小车，在两位大师的怂恿之下，外甥也就半推半就地上了他们的车。

汽车在市区徐徐前行，不到半个小时，便开进了一家四星级宾馆。下了车，他们来不及休息一下，就径直走上电梯登上了八楼会议室。会议室已经聚集了五十多人，外甥跟随开车的司机，随便在会场的右侧找了一个空位坐下。

等候到肖、郭两位大师的到来，会场组织者或主持人立刻迎上前来，伸出双手点头哈腰地与两位大师握手表示欢迎，随后拿起话筒向大家宣布："今天，我们非常荣幸地邀请到了中国网络联盟协会会长、中国网络营销总裁肖正凯先生，中国网店联盟上海总部董事长郭敏女士前来授课，肖大师、郭大师风尘仆仆远道而来，刚下高铁就奔赴会场引导我们走上抱团取暖、发财致富之路，现在让我们以热烈的掌声欢迎两位大师的到来！"

随之雷鸣般的掌声响彻大厅，就在这欢呼雀跃的声浪中，肖会长开始了他的精彩授课，他那授课的口才实在精彩纷呈美妙绝伦，所具的感染力和鼓动性实在令我这支笨拙的笔难以描述到位，我只能根据外甥的描述将其演讲的要点摘录如下：

（一）实体经济兵败山倒，网络经济势不可挡；

（二）单打独斗势均力薄，抱团取暖前景广阔；

（三）加盟投资最佳选项，总部运营成就你我。

肖会长演讲完毕，会场掌声再次响彻云霄，入会者莫不激情高昂蠢蠢欲动。

紧接着，中国网店联盟上海总部董事长郭敏以其播音员似的悦耳动听的嗓音对网店的加盟模式做了进一步解读，大体分四个步骤：开网店、找货源、提升店铺销量、利润分成，详解的落脚点即每个加盟成员投资二至五万元，由上海总部统一团购货物，通过网络直播等多种营销路径直销，按百分之十五的利润分红回报投资者。

当场许多入会者高高地举起手机，扫了扫"网店联盟微信群"的二维码，记下了总部地址和转款账号。这一步步操作程序，外甥毫无例外全程参与其中。

第二天，我接到外甥的电话，说是安全地返回了广州，昨晚跟媳妇商量好了，决定开家小店，好好地做点儿小生意，希望我能支持一下，借两万块钱给他做成本。

说实话，我一向反对亲戚之间有经济上的牵扯，尤其是借钱这种事情，且不说"借钱时是恩人，还钱时是仇人"这种司空见惯的现象，更在于有了钱的牵扯，这亲戚之间的感情反而疏远了。可外甥是第一次开口向我借钱，借的数额也不是很大，何况是为了开店，根据我的了解，外甥其实是一个心高气傲的人，没有实在过不去的坎儿，一般不会开口向人家借钱。于是，我也没做太多的考虑，就给他的卡上打了两万块，但愿他赚了钱早点儿还给我，没赚钱就权当给他一点儿资助吧。

外甥收到这两万块钱，立马就将它转到了"网店联盟总部"的账号。过了一个星期，总部就神速般给他返还了三千元的利润分成，说是两万块钱的采购量，通过营销策划，一个星期就销售一空。希望他继续增加投资获取更大的回报。

看到两万元投资一个星期就赚了三千元，外甥信心倍增，他想这个事情得好好跟媳妇谋划一下，再增加三万元的投资，他知道，媳妇手上还有一点儿钱。外甥在外面虽然常做一些不靠谱的事情，但在动钱的问题上把握"两不动"的原则：一是父母身上的钱不动，那是养老的钱；二是老婆身上的钱不动，那是养家的钱。但今天的外甥，为了这个只要投资"躺平"也能发财的梦想，他还是向媳妇开口了。

外甥媳妇听了外甥介绍的要钱的理由，心里骤然就起了疑心：这是不是网络诈骗？那天上午，她偷偷地拿着两位大师的名片，找到了一位在公安局工作的老乡，向他讲了事情的前因后果，并递上两张名片请他帮忙分析。

这位公安局的老乡听了外甥媳妇的讲述，看了一眼名片，立马肯定："诈骗，网络诈骗!"他指着名片说，"明眼人一看就知道，这名片上的头衔都是唬人的把戏，中国哪有什么网络联盟，哪有什么网店联盟，你如果不相信，只要百度一下就一目了然了。"

外甥媳妇当即百度搜索了一下，根本就没有发现这两个实体单位，随后又在"值得信赖的商业伙伴——企查查"搜寻了一番，也根本查不到这两个实体企业。回到家里，她把从公安局那位老乡那里听到的情况前前后后跟外甥叙述了一遍，还现场演示了百度搜索和"企查查"搜寻的全过程。

可外甥还是将信将疑，他对着名片下面的小字看了看："难道这个网店联盟的地址也是假的吗?"

看来老公是深陷网络加盟的坑里一时走不出来，为了彻底挽救丈夫，外甥媳妇思虑着得破费点儿了。她对外甥说："这样吧，我们宁愿花些钱，就当去上海旅游一趟，到实地去考察一下，搞清这个总部的虚实。"她当即在手机上订购了飞往上海的机票，连夜启程飞往上海。

第二天清早，他们叫了一台小车，直接开往名片下面标示的"上海市某街某号"地址。结果实地一看，根本就没有什么"网店联盟总部"，而是一家做盒饭生意的小店。问起当地居民，谁也不知道这里有个什么"网店联盟总部"。

外甥还不死心，拨通了"中国网店联盟总部"董事长郭敏的电话，对方接通电话的第一句就是"决定增加投资了？"外甥几乎呻吟出声，质问："你们是骗子吧，我们来到上海实地，这里哪有什么网店联盟总部？"还没等外甥把话说完，对方就挂断了电话，再次拨打，立即挂掉；再次拨打，就只有话务员那悦耳动听的格式化的经典回复："您拨打的号码是空号。"

四

接到外甥的电话是在四个月后那个晚霞布满天边的下午，我下了班准备去吃碗面条。自从年纪大了以后，我就养成了晚上一般不吃米饭的习惯，我们家附近有家叫作"葱花记"的面馆，做的牛腩面、排骨面、三鲜面，口感质感都非常不错，价格也适宜，下了班之后，我便常常直奔这家面馆解决晚餐问题。那天正当我要掏钱买面的时候，外甥的电话打了进来，说是送货到武汉路过我们这座城市，现在高速路上的服务区里休息，叫我过去，说是舅甥好好聊聊。我问他就不能过来吗？外甥说他开着一辆大货车，穿行在市区不方便，非让我过去不可，还说："舅舅麻烦您动动步吧，我得好好孝敬孝敬您老。"话说到这个份上，我决定去吧。这些年长期在机关工作，我也想接触一些生活在社会底层的人物，从他们那里获取一些创作的素材，这个也成了我去见见外甥的动力。

外甥自从上次向我借钱以后，我们就没有通过电话，亲戚之间本来如此，有事通个电话，能办立马就办，没事就联系不多。亲戚与朋友有时还是有些区别，亲戚之间有些话可以说有些话不可以说，而朋友之间特别是知心朋友，几乎无话不说，甚至在一起无事不做，因此有"铁杆朋友"而没有"铁杆亲戚"之说，这也许就是亲戚之间联系还不如朋友之间联系得多的原因吧。再说我知道外甥其实是一个自尊心很强的人，自从他跟我借了那两万块钱之后，我就刻意不给他打电话，免得他生出些以为我向他要账的嫌疑。

就在我想着这些心事的时间里，车子不知不觉地开到了高速公路服务区。我远远地就看到，外甥正站在路口高举着双手迎接我的到来，通红的晚霞映在他的身上就像穿了一件橘红的蝉衣。

我把车辆停好，外甥提一袋水果、奶粉之类放到我的车内，说是外甥媳妇孝敬舅舅的。我说："还是你媳妇对舅舅好。"外甥说："也是我的心意呢。"

从小车里走出来，外甥引领我参观了他的大型物流货运车，这辆车有二十五六米，高四点五米，按照货运车的标准，显然这台车是经过改装加长的。外甥介绍现在的物流货运成本太高，汽油费、过路费、修理费、司机工资等等，如果不靠多装些货物，跑一趟专线就要亏本。这台货车假如不改装加长，每台的货运量就是一百三十立方米左右，经过改装后货运量就可达到一百六十立方米了。开着这样一台庞然大物在高速路上飞奔，对我来说就是给一千个胆子也挪不动半步。

外甥又特意带我参观了驾驶室，这个驾驶室大概是四平方米的空间，前后两排座位，说是座位，那后排其实并不当座位用，基本上是翻转过来当床睡。每趟货运线由主班和辅班两人驾驶，主辅班轮流驾驶和睡觉。

我问外甥："在这样一个环境里你睡得着吗？"外甥说："刚开始的时候有些睡不着，可是经历了那次交通事故后，倒下三分钟就呼呼大睡。"

"什么，交通事故？"我有些摸不着头脑，外甥的这句话让我颇感意外。

外甥拉了拉我的衣袖，说道："先去吃饭吧，今晚不出车了，就在服务区休息，我知道您不胜酒力，我陪您喝几杯啤酒，我们边吃边聊。"

我说："我开车呢。"外甥说："没关系的，待会儿我叫代驾把您送回去。"

外甥把我带到服务区的"香满楼"餐馆，点了吃不腻五花肉、香满楼海鲜、辣烤嫩汁牛肉、素炒空心菜，又要了两瓶啤酒。我说："还是不喝酒吧。"外甥说："来点儿仪式感，您象征性地喝一点儿，我们边喝边聊。"随后，外甥给我讲起了那起网络诈骗。叙述完这起事件，餐厅服务员也逐步把菜端到了桌子上，外甥给我和他的杯子各自倒满啤酒，他深深地喝了一口，眼眶里溢满了泪水，嘴唇瑟瑟地发起抖来，他说："舅啊，我差点儿就没命见到您了啊!"说完，泪水还是止不住地汹涌而出。

我安慰他说:"你慢慢说，不要哭，逃过了一劫就是好事。"外甥用袖子擦了一把眼泪，然后继续开始了他的叙述。

自从那天媳妇陪他上海实地考察归来，外甥的心就像掉到了冰窖里，整个人就像霜打模样，好几天都没出门，也没跟谁说过话。看到外甥心情不好，外甥媳妇也没责怪他，就想让他好好休息几天。到了第五天，外甥终于振作，他想一直这样下去也不是个事，老家七十岁的双亲、尚在学校念书的孩子，都仰仗着他呢，他这根家庭的主心骨不能就此垮下去。

毕竟自己还有一些人脉，通过一个远房亲戚的关系，外甥又在一家物流公司找到了一份跑长途运输的工作。每月跑满日程，也可以拿到一万四五千块的工资。尽管有了新的工作，外甥的心情毕竟还没有完全从阴影中走出来，也不太跟人说话，表面上看起来似乎平静如水，可心里却是更加慌乱，他常常扪心自问：这诈骗的事情为什么就落到我的头上呢？这问号恰似一个弯弯长长的钩子，常常在不经意间伸入到外甥的灵魂深处。这样一来，外甥不仅仅是过去那般心烦意乱，更加严重的是有些恍惚，常常是大脑一片空白，岂知这正是一个驾驶员的大忌。

那是一个阴雨霏霏的早晨，外甥像往日一样，吃了早餐就赶往公司领取派单，然后装载货物启程奔赴运输专线。车辆驶向高速公路款款前行，那弯弯的"钩子"又隐隐约约地像一条虫子似的钻进了外甥的脑际，车辆飞奔，一时晃晃悠悠，刹那间向前面一辆小车冲去，"追尾!"外甥电击般猛醒过来，紧急往左边打方向盘，就在这一瞬间，左边一辆货车猛冲过来，"轰"的一声巨响，外甥驾驶的这辆货运车的门被紧紧夹住，一阵钻心的剧痛直击外甥的骨髓，随之便晕厥过去，什么也不知道了。

待外甥清醒过来，已经是第二天上午的十点多钟，他躺在一张净白的病床上，媳妇钰守在他的床边，泪水如珠子般流淌。外甥满脸蒙，待他的意识渐渐清晰，伸出手擦了擦媳妇脸上的泪水，轻轻地问道："很严重吗？哎哟，我的腿。"

外甥媳妇连忙俯下身子，本能地在外甥的腿上轻抚了几下，说道："还好你命大，头部和胸部都没有受伤，你只是被这突如其来的巨响和折腿的剧痛惊愕得昏了过去，你的腿已经做了接骨手术，不久就会恢复过来的。"

听了媳妇的话，外甥长吁了一口气："阎王关走了一趟，你又把我拉回来了。"说完，脸上露出了一丝调皮的微笑。

到底人还年轻，康复得快，医院里住了二十来天，外甥就出院了。回家休息了一个月，便可以在街上行走了。他想总不能长期在家待着，上有老，下有少，一家人都还指望着他呢。他担心原来的那家物流公司不会再收留他了，尽管交通事故通过保险公司做了理赔的善后处理，可这车祸的"劣迹"却是刀刨不了的历史，而对于从事物流货运的职业来说恰恰是致命的弱点。

然而，这些年找工作是越来越难了，外甥连跑了几家企业都吃了"闭门羹"。无奈之下，他又再次找到曾经介绍自己入职物流公司的远房亲戚，恳请他出面求情，看能否继续留在物流公司工作。亲戚是物流公司的老员工，开业之初他就入职公司，公司有今天的发展离不开他们的贡献。看到外甥的现实情况，亲戚再次仗义地走进公司老总的办公室，一再说明，任何一个司机都不可能百分之百保证不出交通事故，正是有了交通事故的历练，才更谨慎更安全。如果说员工一出交通事故就踢出家门，那无异于毁自家牌子。同时，亲戚也力陈了外甥家庭的处境，恳请公司哪怕是做慈善也要留下这位落难的员工。

诚心可鉴，公司老板甚为感动，他拍了拍亲戚的肩膀，笑了笑说："好吧，我们就同意您老人家的意见，留下吧。"只是在后来的工作安排上，稍微做了一下调整，由主班调整为辅班，当人家的助手，月工资由一万五千元降到了一万二千元。有了这样的结局，外甥已经是感恩不尽了。

自此之后，外甥犹如脱胎换骨，什么也不想了，每天就只想把车开好。他说："我现在像珍惜我的眼睛一样珍惜我目前的工作，一想到那场惊心动魄的车祸，一想到找工作遭受到的冷遇，我就对我的工作特别的感恩、特别的热爱。"

我说："总是开长途，也很累吧？"

"是的，太累。我们跑一趟长沙往返要两天，跑一趟上海，往返要三天，跑一趟东北，往返要六天，常常是累得腰酸背痛。但是，只要睡上一个安稳觉，就立马恢复了精神。过去我躺到床上翻来覆去好久还睡不着，现在常常在车厢的后排座睡，只要躺下三分钟就鼾声大作。"

我们已经聊了很久，也聊了很多，外甥似乎还是余兴未尽，我说："今天就聊到这里吧，我还想回去早点儿休息。"

"舅舅，我跟您说吧，心烦意躁、心神焦虑这个事情，什么沉醉阅读、静心修行，说它没用吧，多少还是有一些用的，比如上次我去静心殿待的那几天，就起到了一些效果。但是呢，那些方法只能够治标不能够治本，最终解决不了根本问题。"外甥喝完最后一口啤酒，继续说道："其实啦，要想彻底解决心浮气躁、心神焦虑的问题，就得像我现在一样，每天开车跑长途，当然，也不仅仅是像我一样，方式有多种多样，比如扛着锄头去挖土、去刨地，顶着烈日去工地搬砖啊、挑泥啊，把自己弄得腰也酸背也疼，脑子里面就会什么也不想，吃得也香，睡得也甜。跟您说啊，我现在只要换班，在驾驶室后排座位上躺下来，就像进入了温柔乡，外面再嘈杂，都能呼呼大睡。主班一叫我，立马爬起来开始驾驶，您看，身体不是也棒棒的。"

听了外甥的一些话，我感觉有些别扭，曾经外甥从广州专程跑过来，向我请教摆脱心浮气躁、心神焦虑的良方妙药，而今，似乎我变成了他的学生、他的倾听者，他倒成了我的导师和先生。

夜已经很深了，服务员打着哈欠，说："就剩你俩了，月亮星星都打烊了，钻进云彩里睡觉去了，你们吃了四个多小时了，我也该收摊了。"这时，我才意识到，尽管高速服务区来人不断，但来餐馆吃晚饭的还是大致集中在晚上六点到九点这个习惯性的晚餐时间。

我们不得不起身告辞了，出门时外甥还在借着一点儿酒力继续嘟嚷："过去啊，我还到什么普济寺静心殿去修行，现在啊，我倒是觉得，我们这个物流货运车的驾驶室就是我的静心殿。"

马上就要离开高速服务区，外甥已经帮我叫好了代驾，在与外甥告别的那一刻，我又深情地回眸了一下那辆大型物流货运车，注目那个仅有四平方米的驾驶室，我的心灵再一次感到格外的清爽和通透。

（原载 2024 年第 2 期《芙蓉》杂志）

《静心殿》创作谈

40 年前，当我还是一个 20 多岁的农村伢子的时候，湖南文艺出版社《新天地》杂志发表了我的短篇小说处女作《卖房》，并写了点评：《一幅当代农村的风情画》。点评中称赞道，作者有杯水推起波澜的本领，作品中流露了他的写作才华，如果继续沿着这条道路走下去，是可以跨入文学殿堂的。

将近 40 年过去，我有负于编辑老师的殷切期待，最近 20 年啊，由于自己从事的是行政管理工作，几乎远离文学。但是我一直关注文学，挚爱文学。退居二线以后，我重拾自己的文学梦，倍感亲切。《静心殿》是我新近创作的一个作品，能够在《芙蓉》杂志发表，我感到非常荣幸。《芙蓉》杂志是全国中文核心期刊，是文学大刊，曾经有过中国文学刊物"四大名旦"之美誉。正如我的文友所说，我们当年的文学创作，《芙蓉》杂志是我们的天花板，也就是说，作为我们基层的作者，作品能够在《芙蓉》杂志上发表就心满意足了。

具体说到《静心殿》这个作品，我首先要告诉读者的是，我有许多的亲戚在广东打工，包括我的侄儿、外甥、侄女等，他们的打工生涯充满着太多的困顿、喜悦和忧伤，他们每个人的打工经历都可以写出一部斑斓多姿的文学作品。我在《静心殿》里塑造的"外甥"这个人物形象，应该说挖掘了我的这些打工亲戚的生活经历，那么在我潜意识的认知中，"外甥"这个人物究竟是个什么形象呢？我觉得他是一个有梦想，有追求，有奋斗，但也有彷徨，有萎靡，有堕落，心高气傲，心浮气躁，大事干不成，小事不想干，但是当人生遇到了太多的挫折、失败，他们便逐渐地走上安宁，走向稳重，走向成熟。

作品中也流露出一些我对人生、对生活的一些认知，比方说作品中有一段这样的对话写道："有的人不喜欢独处，喜欢群聚，他们觉得独处孤独寂寞，身心均难以忍受，那是一种痛苦……我一个人住在乡下，种点儿小菜，弄弄花草，思考一些问题，并将思考的问题变成文字。这种独处让我沉醉，享受到心灵的宁静和身心的愉悦，更感到是一种生活的充实。"

时隔二十几年重回文学，感觉无论是语言、叙述方式，还是文本结构，都发生了深刻的变化。由于自己功力的不足和经验的欠缺，作品无论是在语言还是技巧上都还存在一定的差距，恭请方家和读者批评指正！最后再次感谢《芙蓉》杂志！感谢编辑老师！感谢读者朋友！

将爱束之高阁

一

　　父亲的电话穿过浓浓黑夜，于凌晨两点在李朴的耳畔响起，此时，他正躺在广东新塘华美电子厂职工宿舍的床上酣睡，梦中被手机铃声惊醒，打开屏幕按下接听键，听到父亲的第一句话是"你妈离家出走了"，语气充满着怨恨、绝望与哀伤。

　　李朴的内心虽然有些惊愕，潜意识的认知中却并非特别突兀。在他的印象中，父亲与母亲结婚三十二年，他们的婚姻就一直在磕磕碰碰中跟跄前行，虽然他们生活在一个屋檐下，但很少有那种夫妻间心有灵犀、心心相印的默契，而且多年以前，母亲就曾产生过离家出走的念头。

　　那还是李朴五六岁的时候，父亲无意间触碰到母亲出嫁时从娘家带过来的一个小木箱子。小木箱子上了锁，里面装的究竟是些什么宝贝，他们父子均不得而知。父亲说，他们已经结婚生子，有什么金银财宝，就得共置家业；有什么宝贝物品，就该共同分享。而母亲就像守护自己的圣地一样，绝不让父亲有丝毫的靠近。父亲意欲抢夺，母亲却执意不让。母亲说："只要你拿走，我就带着孩子离开这个家。"两人撕扯了好一会儿，最后在李朴撕心裂肺的哭闹声中，双方才不得不妥协收场。

就在李朴回想这起小木箱子事情的闪念之间，手机那头父亲还在絮絮叨叨地讲述着母亲这次离家出走的缘由。

今天下午，父亲干了二十六年的蓬源家私城将父亲辞退了，辞退的理由是家私城无法维持正常经营。而且，辞退的话是通过母亲转达到父亲耳中的。

父亲顿时大发雷霆："他李木然有什么资格将我辞退，他有种当面跟我说，为什么要通过你来转达呢？"

母亲说："还不是怕跟你谈不拢吗？"

"跟我谈不拢，难道跟你就谈得拢吗？你们之间到底是什么关系？你不要以为我不懂，我忍了你们几十年了。"

"无耻！""砰"的一声，母亲夺门而出，顷刻间消失在沉沉的黑夜之中，根本就没给父亲留下一丝阻拦和追赶的机会。

听了父亲的陈述，李朴安慰他说："您也别着急，先休息吧，相信妈不会走太远的，很快就会回来。"他停了停，略微考虑了一下，告知父亲，"我明天请个假，回一趟老家，没事的，爸。"

说实话，父母都已经是年过花甲的人，虽然一直以来他们的婚姻生活并不是完美和幸福，但毕竟是几十年的夫妻，没有爱情也有了亲情，应该是相濡以沫、相互搀扶的时候了。李朴真有些害怕，父母到了这个年纪，他们的婚姻要是还折腾出什么幺蛾子来，作为独生子的他，一辈子都不会安心的。

挂了父亲的电话，李朴很想给母亲去个电话，但转念一想，母亲一生节俭，生怕多耗些电，到了晚上手机都会关机的，何况今天生父亲的气，为了避免父亲的打扰，也会关机的。可是李朴一直睡不着，想想还是给母亲去个电话才放心，管她关不关机，试一下无妨。于是，他拨通了母亲的电话，没想到她不

静心殿

仅没有关机，而且一打过去，只响了一下铃声，就立马接通了电话，似乎一直在期待着谁的电话的到来。李朴说："妈，您在哪里呀？现在还没睡吗？"

母亲说："我现在在你姨妈家里，哪里睡得着，还不是让你爸气的。"李朴说："妈，您也不要太生气，爸这些年那个倔脾气，您还不知道吗？我明天回来一趟，有什么事情，明天再说，好吗？"

母亲说："好的，儿子，妈等你回来。"

挂了母亲的电话，李朴想妈妈到底还是牵挂着父亲，牵挂着他们这个家，要不然，早就把手机关了，不给父亲联系的机会。

时间已是凌晨三点多钟了，李朴躺在床上，两眼望着天花板，怎么也睡不着，他想干脆早点儿动身，赶上最早的一趟高铁，早一点儿到家。于是，李朴起身叫醒了隔壁宿舍里的同事，托付同事明天代他向厂领导请个假，说明家里有些急事需要处理。随后简单地收拾了一下行李，出门叫了一辆车，直接开往高铁广州南站，进站以后他赶紧购了车票，用卫生间的自来水糊弄地洗了把脸。

早上6:13，李朴准时登上了开往家乡的高铁。

二

清晨，徐徐微风中，复兴号疾驰在连绵的山峦和广袤的田野，李朴乘坐在这趟高铁的6号车厢A1座位上，眼睛透过窗户遥望远方，虽然昨天晚上只睡了一个多小时，他的身心俱感疲惫，可此刻毫无睡意，关于父亲、母亲以及李木然的琐琐碎碎，一如奔驰的高铁，一幕一幕在他脑海中奔涌呈现。

父亲的名字叫李志高，与家乡小镇上的蓬源家私城老板李木然同村同宗同姓。母亲张红虽不是同宗，却与李志高、李木然从小在一个村子里长大。小时候听大人们说，当年大队成立了文艺宣传队，他们三人都是宣传队的骨干成员。那些年的文艺节目，正反人物形象鲜明，李木然身材高大，长相英俊，皮肤白皙，在戏中扮演的角色往往是正面人物，大多时候演的是男一号。

母亲张红天生是一个美人胚子，每台戏只要她一上场，就是艳压群芳，万丈光芒，成为许多年轻人仰慕和追寻的偶像，由此每台戏里的女主角非她莫属。

父亲李志高呢，虽然长得也不是丑陋，但个头偏矮且微胖，自然常常扮演的是反面人物，比如排演革命现代京剧《沙家浜》，风光无限的新四军指导员郭建光，就由李木然扮演，张红扮演女一号阿庆嫂，而李志高，自然只有扮演反面人物胡魁司令官的份了。

不时地看到李木然与张红同台演出，且配合得那般默契，当时村里人就议论说，李木然与张红自是天生一对，地配一双，一定会成为一对好夫妻。当时，谁都没有想到，张红会成为李志高的妻子。当然，像村里许多年轻人一样，李志高暗恋过张红，甚至有过单相思，只是他知道，李木然爱张红，张红也喜欢李木然，他觉得自己配不上张红，也比不过李木然，就只能将对张红的爱恋深深地埋藏在心底。

不过，作为农民，文艺宣传只是一种业余活动，他们还得把更多的时间投入生产劳动，投入对未来生活的追求。那年，李木然与李志高同年拜师学艺，李木然学的是木工，李志高学的是木雕。有句俗话说"师傅领进门，修行靠个人"，在这一点上，他们两个都表现出绝顶的聪明，学艺的悟性超乎一般。不久，他们就学成出师，少许历练，便成了闻名乡里的能工巧匠。

李木然的木工手艺称不上鲁班再世，亦可为百里挑一。他干活的时候常常引来许多人的围观，看他削刀切下，切口平整；刨锯过处，细滑如镜。李木然似乎深谙木料的生命之道，刨子沿着墨线像一艘小小的航船任他驾驶，雪白的刨花一卷一卷翻卷飞扬，如同朵朵浪花，飘逸弥漫。李木然拿手的绝活还是他那打架子的功夫。现如今两木相接，多用胶水钉子稳固，而当年哪来的胶水钉子呢？只能用老祖宗的方法，凿孔开槽，榫木相接，不用一钉。李木然如此功夫做出来的桌椅板凳，天衣无缝，坚固牢实，稳如钢铸，乡人无不啧啧称赞。

李志高的木工雕刻更是堪称一绝。他在雕刻的时候，心无旁骛，凝神静气，手中的刻刀在木头的表面划动，如同游龙戏水般自由流转。他在木板、木头上雕刻出来的一件件家什，就像美术家在纸面上描绘出来的优美画作，不论是亭台楼阁、花草虫鱼、飞鸟走兽，还是鹏程万里牌、大雕落地屏，无不千姿百态，栩栩如生，给人以假乱真之感。

那些年，方圆十里八乡，但凡有点儿名望的人家，年轻人结婚，都要把李木然、李志高请到家里来，打制一张千工雕木床。李木然打基础、做架子，李志高刻雕版、搞装潢，两个人就像是登台演戏，配合得珠联璧合，完美无缺。

正当李木然、李志高声名远扬，上门生意如火中天之时，张红的爱情也迎来了瓜熟蒂落。然而，抱得美人归的不是人人认定的李木然，而是毫无征兆的李志高，这桩婚事几乎惊掉了全村人的下巴。至于李志高究竟是用了什么高明的技巧和手段赢得了张红的芳心，李志高缄口不提，张红也是讳莫如深。直至今天，个中蹊跷仍然无人知晓。

李志高、张红举行婚礼的那一天，全村男女赶去看热闹，唯独李木然没有去。在欢庆热闹的气氛中，张红紧随李志高的身边，笑容可掬地给每位来宾递烟敬茶，人们看不出她有什么特别的兴奋，也看不出她有什么消沉和沮丧。然而，透过她那闪烁不定的眼神，人们还是看到她平静的神情背后流露出来的一丝淡淡的惆怅和忧伤。

更让人惊奇的是，婚后不久，李志高继续与李木然配合着上门制作，只是这样的时间延续得不是很长。随着农村开放搞活政策的推行，个体工商户雨后春笋般出现在城乡市场，他们成批成批地从广州、江浙等沿海城市贩运过来各种商品，其中也包括服装、家具用品，人们的消费习惯，也逐渐地从请匠人上门制作向到市场自由购买成品转变。

李木然算是敏锐地洞察到了人们消费习惯的变化，他做了村里第一个吃螃蟹的人，在蓬源街上租了一间门面，开了一家木器加工店，既加工木制品，也从外地贩进一些家具销售。他似乎也没计较李志高的夺爱之恨，反而以每月五百元的高薪聘请他坐镇雕刻。五百元，在当时是很高的工资了，当时乡村干部和教师的月工资也就两百来块。

李志高虽然娶得了美人，自己的事业却是一日不如一日，他虽然每月能够领到五百元的工资，但他的劳动成果却得不到市场的认可。那时候，什么高低床、高低柜，还有皮式家具，成了人们购买的新潮流，也成了市场的畅销货。李志高虽然有一手木雕的绝活，可此一时彼一时也，虎落平阳没有用武之地，他费尽心机雕刻成型的一套宫廷花雕千工床，也只能是摆放在李木然的木器店里做摆设，成了无人问津的老古董。

而李木然的家具生意却是越做越大，几度拓展经营场地，最初的蓬源木器加工店改成了蓬源家具店，尔后又改成了蓬源家私城。

那些日子，李志高的心情越来越糟，失落感越来越重，性格也开始变得古怪和偏执。有人劝他辞职到广东沿海城市去另谋一份工作，他却指着人家的鼻子骂道："我是雕匠，我是方圆十里八乡都闻名的雕匠，我雕刻的宫廷花木床，那可是皇家珍品啊，你劝我去打工，这不是废我一世英名吗？"

他的手里随时拿着他的那把雕刻刀，磨得油光锃亮，店里没他的事可做，他就到村里找来一些黄叶木和樟木，在自己的家里刻个不停。

张红有时劝他："你拿了人家的工资，就该到店里去做事，哪怕去打打杂也行，不要总是在家里刻刻刻的。"

李志高以为自己的老婆也嫌弃自己了，又哭又闹："我没李木然好是不？你去跟他啊，他发大财了。我雕，我就要雕。"

张红对李志高的木雕本来就没有多大兴趣，看到丈夫无理取闹的现状，她也只能给予更多的迁就。

李朴高中毕业那一年，高考成绩离录取分数线差了十几分。在他毕业以后的去向问题上，父亲与母亲的意见产生了严重的分歧。母亲希望儿子继续复读一年，争取明年冲刺考上一所一般的大学。父亲则提出让儿子到李木然的家私城打工，学习雕刻，以便子承父业，光宗耀祖。

母亲听了这话，简直是气不打一处来说道："你一个人在人家那里'吃空饷'，还要给人家又增加一个负担，你于心何忍啊！"

可李朴既没有采纳母亲的建议，他觉得自己生来就不是读书的料，再复读一年也不见得能考上大学；他更没有听从父亲的安排，在李朴潜意识的认知中，那木雕早已经是落伍的、被时代所淘汰的玩意儿，创造不了任何实际的价值。最终，他选择了随一帮年轻人南下广东打工。

儿子走的那一天，李志高痛心不已，长吁短叹："后继乏人，家门不幸啊!"

往后几年，通往农村的道路越修越宽、越修越好，农村人购买家具，大多是自己开车到县城、市州购买，那里的家具不仅选择余地大、质量好，而且价格低廉。有的人甚至直接开车到广东中山、顺德等地的家具生产厂家或家具生产基地直接批发，价格更加优惠，更能买到高档品牌家具。再说，国家倡导城镇化，鼓励农民进城，农村居住的人口越来越少，家具的购置量也在大幅下降。李木然开的家私城只能苦苦支撑，甚至开始入不敷出、濒临倒闭。

尽管如此，李木然对李志高一家仍给予了太多的关照，无论生意好坏，无论李志高上班还是不去上班，每个月都给他按时发放工资，而且随着物价的上涨，工资水平也由当年的五百元，上涨到而今的五千多元。

但越是这样，李志高越是感到自己尊严和脸面的丢失，越是对张红吹胡子瞪眼。这么多年了，李木然一直没有结婚，李志高更是心生怀疑，认为张红与李木然有着不明不白的关系，昨天晚上，只不过是心里积怨的爆发。

不知不觉两个多小时过去，高铁很快就到达了高铁衡阳东站。听了广播员的到站提醒，李朴立即从行李架上拿下行李袋，随衡阳下车的旅客一同下车。走出站口，与同行的旅客拼车，上午十点半就顺利地回到了自己的家乡蓬源镇。

三

李志高的家坐落在离镇三公里的村子里，他们家有栋房子建于二十世纪八十年代，虽然有些陈旧，但进行了简单的装修，尚可居住。但自从李志高被李木然聘用到他的店里坐镇雕刻，他就和张红在镇西租了一套房子居住。

穿过镇中，沿一条岔路来到了父亲租住的屋子。父亲正站在门口翘首以待。李朴刚到门口，父亲就迎了上来，抱着儿子说："儿啊，爸空有一门手艺，现在老了，不中用了，你妈能不能回来，全靠你了。"

李朴拉着父亲的手，拍着他的肩膀说："放心吧，妈会回来的。昨晚她的手机一直没关机，您没打她手机吗？"

父亲说："打了，可她就是不接啊。"

李朴说："是啊，她气没消，怎么会接您的电话呢？您不知道吗，妈是个节俭的人，舍不得用电，到了晚上就要关机的，但昨晚一个晚上没关机，不就是牵挂着您吗！"

"是的，儿子，你妈是好人，我不该对她发脾气。"

"好吧，妈现在在姨妈家里，我们一起去接妈回家吧，您的态度要诚恳一点儿。"

李志高说："只要你妈能够回来，你让我做什么都可以。"

李朴从广州回来，也有好几个月没去姨妈家了，他到镇街的食品店里买了几斤水果和一箱牛奶，两人提着，一前一后往姨妈家走去。

姨妈家坐落在镇西的一个村子里，也就两公里路远，不到半个小时，父子俩就走到了姨妈家。

听到儿子从广州回来，母亲跟着姨妈来到门口迎接，李朴上前叫了姨妈和妈，李志高也跟着叫了一句"张红"。

张红没有理会李志高，却牵着李朴的手进了房间。大家坐下来，寒暄一阵之后，李朴就把话拉上了正题："妈，爸带着我来接您了，我们回家吧。"

李志高紧接着儿子的话说："张红，是我错了，老夫老妻了，你就别跟我计较了，我们回家吧。"

张红瞅了一眼李志高："你还知道错啊。"

"是的，我错了，你不回去，我怎么活啊。"说着说着，李志高就哽咽起来，泪水也止不住流了出来。

说话间，张红的眼里也盈满了晶莹的泪水，她用手背擦了擦眼睛。看到母亲用手擦眼泪，李朴连忙从口袋里掏出一包餐巾纸，给母亲和父亲分别递了几张。母亲接过纸巾，又在眼睛上擦了擦，接着说："我知道你的人不坏，心也好，正是因为这一点，我当初才答应嫁给你。你知道，我们这一辈的人不像现在的一些年轻人，把婚姻当儿戏。我答应嫁给你，哪怕是选择上的错误，我也会把我们的婚姻坚持下去。虽然说，'嫁鸡随鸡、嫁狗随狗'这句话把我们女人太不当女人看，但这句话对我们这一代人的思想观念还是有很深影响的。"

李志高接过张红的话说："是的，张红，当初你答应嫁给我，我以为是天上掉下了馅饼，我太幸运太幸福了，那时我就发誓要一辈子对你好，让你过上幸福的日子。可是这些年来，我没赚到钱，我没用，不仅没让你跟我享福，还让你受苦了。"

在旁的姨妈插话说："没赚到钱不能怪你，你有一门好手艺，只能说是生不逢时。"

张红瞥了一眼妹妹，嗔怪道："你也不要为他说好话。"转而面向李志高，"你不是一直怀疑我跟李木然有不明不白的关系吗？你不是也一直想知道我那个小木箱子里的惊天秘密吗？今天，我就当着你的面，当着我们儿子的面，把这个秘密公开出来。"

张红转头对妹妹说："你去帮我把那个小木箱拿出来吧。"

此时，李志高父子，心口就像揣着一只蹦跳的小兔子，只听见一阵"噗噗噗"的跳动。

作为儿子，李朴感觉到这是大人的事情，他不应该参与这场对话，起身欲要离开。张红连忙按住他说："你不要走，没关系的，你们年轻人听听，也能体会到爱情的珍贵和人生的意义。"

这时，姨妈已经把小木箱拿到了桌子上，张红从口袋里掏出一把小钥匙，将锁轻轻地打开。虽然三十多年了，锁柄上出现了斑斑锈迹，它还是被张红一下就打开了。

在她揭开木箱盖子的那一瞬间，李志高、李朴和姨妈凝神屏息，三双眼睛的光芒聚焦向木箱子射去。待张红打开，三个人的脑袋又同时低下了半尺，一个日记本和一张照片呈现在他们的眼前。张红首先打开日记本，日记本的扉页上清晰地写着两行字："献给我亲爱的红——李木然"。随后，她又拿出那张已经有点儿发黄的照片，对李志高说："你还记得这张照片吗？上面有三个人，是我们表演《沙家浜》的剧照。"

李志高马上接过话说："记得，记得，这张照片是大队会计给我们拍下来的。"

张红透过窗子凝视了一下远方，长长地嘘了一口气，接着说道："是的，我和李木然实实在在地相爱过，爱得那么纯粹、那么真挚，但是，我们最终没能结合。"她再次把头偏向李志高，"你还记得你们两个那天晚上送我回家的一幕吗？我掉下悬崖，差点儿丢了小命。"

李志高没经过任何的回忆和思考就立马答道："怎么不记得，那天晚上，我们演出完毕，时间已经很晚了，我和木然一起送你回家，我走在前面引路，你走在中间，李木然走在最后保护你。走到中途一个悬崖路段，你不小心一脚踩空，就在你即将掉下悬崖的刹那，李木然猛扑上来将你抱住，结果你们俩都掉下悬崖，你躺在他的身上，只有一点儿皮外伤，木然却摔在了一块石头上，下身鲜血直流。幸亏我们俩背着他紧急送往医院抢救，他才留住一条性命。"

"是啊。"张红唏嘘出声，"就因为那一次，木然失去了生育能力，也失去了一生的幸福。"

"啊！"李志高、李朴和姨妈都惊呆了，仿佛屋子里的空气也已窒息，一下子进入了真空地带。

稍稍静息之后，李志高呻吟出声："难怪，李木然出院后的一天深夜，他把我约到村里的后山，对我说'你向张红求爱吧，她是一个千里挑一的好姑娘'。我还说'我不行的，她爱的是你'。李木然没有理会，只是对我说'你一辈子要对张红好，只要有哪一点儿对不住她，我就会找你算账'。说完，便扬长而去。"

"呜呜呜"，张红终于失声痛哭，眼泪如潮水般向下倾落，肩膀一抖一抖，仿佛鞭子抽打骏驴般抖动。

李志高用一只手臂抱住张红的肩膀，一只手轻轻地帮她擦拭眼泪，深感内疚而又满怀深情地说："哭吧，哭出来一切都会好起来。"

四

蓬源镇是湘南地区一个偏远小镇，但因为这里是一脚踏三县的交界之处，边境贸易繁荣发达。镇上常住人口五千余人，一条三公里长的小街由东向西蜿蜒前行，街的两旁是参差不齐的房屋和门店。

二十世纪以前，街道两旁的房屋建筑大都是青砖瓦房，二十一世纪以来，镇上居民大多对房屋进行了改建，昔日的青砖瓦房普遍改建成三四层的钢筋水泥结构的楼房。有的人家向后延伸，建成了新式别墅。但一楼普遍做成了门面，租赁门面经商做生意的人员来自周边县市。

镇上有镇政府、学校、医院、银行、邮政等行政事业单位，还有外地投资商投资建起的宾馆、超市、酒店等商贸服务场所。可谓麻雀虽小，五脏俱全。

每逢墟日，周邻三县来此赶集的农民川流不息，络绎不绝，甚是热闹。

尽管日子有些艰难，但还是一天一天向前攀行。又到了春暖花开的时节，漫山遍野的映山红点燃了小镇后面的整座山峦。

那天，小镇上来了十几个干部模样的人，他们东街瞧瞧，西街望望，然后，又拿出一张图纸，在镇上比比画画。沿街的百姓隐隐约约听到，他们是在规划着要将蓬源镇打造成文旅小镇。

晌午时分，干部们吃过中饭，路过蓬源家私城，一瞥之间，有人发现了摆在店里的那张宫廷花雕千工床，床的表面上虽然积满灰尘，但那飞龙走兽、花鸟虫草仍然透射出异样的光彩。

带队的领导从床头看到床尾，从上看到下，连连拍手："鬼斧神工，鬼斧神工啊！"

他们问了李木然这张床是哪位大师雕刻而成，李木然告诉他们是镇上的老雕匠李志高所刻。这位干部说："走，请您带我们去看看这位雕刻大师。"

李木然立即引路，将他们带到了李志高在镇上租住的房子。走进屋，屋里的陈设虽极为简朴，但摆满屋子的亭台楼阁、九龙戏珠、落地屏风等雕刻作品却深深地吸引了他们的目光。有的还拿出手机，将一个个雕刻作品拍摄下来，珍藏在自己的相册里。

由此开始，好事一茬一茬接踵而来。首先是镇里出钱，在街正中租赁了两空门面，把李志高所有的雕刻作品搬了进去，顿时，两个门面的空间似神仙眷侣，熠熠生辉。

又有一天，县文旅局的领导亲自登门，把一个"非物质文化遗产传承人"的牌匾挂到李志高的门下，每月还发给他三千元的生活补贴。

更让人惊喜的是，儿子李朴打工企业的老板听说李朴他爸是"非遗"的传承人，专程前来考察，投下巨资培训雕刻人才，生产木雕工艺产品，销往大都市，同时出口国际市场。李朴的身份也摇身一变，由打工仔变成了"非遗"传承人的经纪人。

不知是从哪一天开始，张红的脸上显现了多年来难以见到的红润，嘴角也不时挂上了甜甜的微笑。那天吃过晚饭，张红随着李志高漫步小镇街头和街档口的水泥马路，她的手无意间挽到了李志高的手臂，走着走着，一种异样的感觉涌上心头，那既不是三十年前暗暗牵手李木然的新奇与刺激，也不是以往牵手李志高那种夫妻间的习惯，此刻的感觉，只是一种淡淡的安宁、悠闲与温馨，恰如天边的晚霞，温暖了整个夜的天空。

回到家里，李朴看到母亲又暗暗地把李木然送给她的日记本和《沙家浜》剧照拿出来看了看，似乎在做最后一次告别，然后慎重地重新放到木箱里，用锁锁起来，放到了他们家衣柜外面的最顶层。

见此情景，李朴突然想起了一句成语：束之高阁！他在心里发出疑惑，母亲是把曾经的爱情束之高阁了吗？她是不是真正地爱上了老爸？不，是一种新的生活开始了。

（原载 2024 年第 11 期《青岛文学》杂志）

日子咋过

一

　　容乃大的名字是他父亲取的，他的父亲是一名小学教师，深谙"海纳百川，有容乃大；壁立千仞，无欲则刚"的深远内涵。但因为这个名字的谐声，容乃大受尽了同学们的戏谑和嘲讽，常常让他无地自容。于是，他哭哭啼啼地央求父亲给他改个名字。容老师不容分说，"啪嗒"一巴掌甩了过去，将猝不及防的乃大掀到了墙角跟下，然后像抓一只小鹰似的把他拎起来，令其背靠墙壁，立正站好，直至父亲认可了他的悔过才还给他自由。

　　正是在父亲这般惯常的管理模式下，容乃大忍辱负重，恪守规矩，刻苦攻读，其学业成绩一直在班上出类拔萃，高中毕业，以优异的成绩考取了省城一所师范大学。能够子承父业当上一名人民教师从事"人类灵魂"的工作，乃大父子亦深感荣幸。然而，在分配专业院系的过程中，却容不得他的个人选择，乃大被放到了最冷门的档案专业。

　　容乃大也曾苦闷和彷徨，但当他走进档案，也渐渐地对档案有了一些深度的了解，他感觉到档案学其实是一门世界通用学科，档案乃文化、乃历史，在档案这座无际的瀚海里，充满着人类社会里一切的机警和睿智。档案人就像接力赛场的运动员，将历史的昨天传到今天，再把今天推向未来。于是容乃大便像一条蚯蚓似的钻了进去，贪婪地吮吸着这座宝库中的知识营养，阅读了大量的档案经典著作，还在知名学术刊物上发表了几篇档案学术论文。

大学毕业那一年，在大学生就业压力大、面临着毕业就失业的尴尬境遇下，档案专业的学生却是一枝独秀，因为每年高考，报考档案专业的学生少之又少，能够进入档案院系深造的更是凤毛麟角，全国也就三四所大学开辟了档案院系，容乃大所在的师范大学也就招收了一百名档案专业学生，还未报满，乃大填报的是中文专业，却被调剂进了档案专业。而档案院系学生的用人单位却是极其庞大，上至中央省市县党政机关，下至乡镇、企业等基层单位，无不需要档案管理人员。冷门的档案专业反而成了就业市场的香饽饽。

容乃大已经在档案界小有名气，许多中直、省直机关向他伸出了橄榄枝。家乡雁阳市档案局捷足先登，还在他读大三的时候，局长就带着人事科长上门要人，希望他毕业后作为特殊人才引回雁阳工作，为家乡的档案事业施展才华。容乃大几乎是没做太多的思考就应承了家乡的盛情，毕业后愉快地跨入了雁阳市档案局的大门。

容乃大入职的第一天，局长亲自带着他在馆库转了一圈。走到第一个库房的门口，一副对联映入眼帘："馆陈雁城春秋，史载阳州风物。"字体刚劲有力，字面呈金黄色，熠熠生辉。库房设有两道门，第一道门为防火门，第二道门才是库房门。两条大门开启，一个偌大的档案大厅便展陈开来，正对面的墙上挂着一幅大字标语："躬耕兰台终不悔，故纸堆里写芳华。"走进库房，淡黄纸张与旧墨的清香扑鼻而来，数排高大的档案柜如林壁立，庄严肃穆，煞是壮观。

局长一边指点，一边向乃大介绍着馆藏情况："我们馆现有馆藏档案四百二十个全宗，共计十五万卷，其中明清档案七千余卷，民国档案近万卷，革命历史档案一万五千卷，新中国成立后的档案十一万余卷。"

看了楼上楼下四个档案库房，局长又带乃大来到特藏室，这里珍藏的都是些价值连城的特级档案，其中有三件镇馆之宝：乾隆皇帝下江南给当地一酒家的御笔题词；明末清初伟大的思想家、哲学家王船山手稿；雁阳保卫战抗日将士手模。

指着这些镇馆之宝，局长语重心长地说道："守护好档案就是守护好华夏文明，就是守护好中国历史。局党组已经研究过了，以后库房的管理任务就交给你了，你是我们档案局特殊引进的第一个档案专业人才，你的任务艰巨、责任重大、使命光荣。"

听了局长的话，容乃大的心头瞬间感到一丝沉沉的压力，他想解释几句，可一想到第一天上班，局长亲自分配工作就流露出畏难情绪有些不妥，也就只能频频点头以示服从。

自此之后，容乃大的工作岗位就固定在了办公室与库房之间，每天的工作任务大体包括三大项：调档，供查档者查阅；收集档案，鉴别、整理、装订、编目、上架；防火、防湿、防虫，查看仪表，调节温湿度，拉闸断电，关门锁窗，守护档案安全。

与任何一位生机蓬勃、生龙活虎的年轻人一样，行走在这样一个狭窄的空间里，容乃大感受到了生活的单调、枯燥和乏味。而人总不能长期生活在烦恼与厌倦之中，他想，当不能改变环境的时候，你就只能改变自己来适应环境。库房档案是史实的富矿，自己有这方面得天独厚的优势，何不利用这个优势来搞些历史研究呢？档案的开发利用，也是档案部门的一项职能，当然作为自身来说，与其说是工作，不如说是面对空虚与郁闷的逃逸。由此以来，完成上述三项工作，容乃大就把大量的时间花在了珍贵史料的挖掘研究，不时也就有此类文章见诸业内报刊。

日复一日，月复一月，没有波澜，没有起伏，转眼三年过去，在与档案厮守的光阴里，容乃大的一颗心渐渐地沉醉在了旧墨与故纸的香气里，洇出一片如梦似歌的光景，昔日的青春抱负慢慢归于平静，就像辛勤的园丁走向三尺讲台，看到学生那一张张灿烂的笑脸；像躬耕的农民走向田间地头，看到沉甸甸的丰收的稻穗；像产业工人走向生产车间，看到自己制造出来的机器。此时的容乃大，走进档案库房看到那一排排淡黄色的纸张，涌上心头的只有亲切与温馨，只有精神的抚慰和沉醉，偶尔有一天离开库房，感觉不到那份静谧与安宁，见不到那一排排淡黄色的铺陈，反而觉得有些不适应，反而觉得空虚和无聊。他想，日久生情大莫如此吧。

二

容乃大与张钰的爱情生活，源于那年的档案馆（室）规范化建设达标活动。

二〇〇六年对于容乃大来说，是一个颇具特殊意义的年份，作为特殊人才引进的他，被任命为档案管理科的副科长，直接负责市直各单位档案馆（室）达标建设的业务指导。

雁阳市供销社下属二十多个改制企业，档案堆在一间杂屋里，类似一座垃圾废品的山岗，蝇虫侵蚀、电火吞噬和窃贼偷盗的风险，随时都有可能不期而至。新来的主任曾经分管过档案，知道档案安全是档案工作的底线，出了事故难逃刑责。于是他给局长打来电话，请求档案局派出专业人员指导帮助整理，这个任务自然地落到了容乃大的头上。

供销社的档案管理员是一个刚刚招考进来的女大学生，看到散落一地的档案也甚是焦急，那天，她也专程来到了容乃大的办公室，请求乃大出面火中救急，以摆脱市供销社档案管理之窘境。

这姑娘明眸皓齿，青春靓丽，纯粹清新，只见第一眼，就给容乃大留下了一个特别好的印象。他们互相留了电话，加了QQ。姑娘家便隔三岔五地向乃大请教一些档案整理方面的问题，比如说，档案的全宗是什么意思？乃大就解释说，全宗就是档案馆给每个存档单位的编号，档案馆现有四百二十个全宗号，就是说全市已有四百二十个单位在档案馆存档，没有全宗号，该单位的档案就入不了档。

再比如张钰问，一卷档案有草稿，有请示件，有领导批示件，有正式发文，怎样排序，怎样装订？

乃大就回答说，这就是一卷档案，正式发文是正式档案，其他均为附件，但必须同时保存，便于查阅。装订的顺序是正式发文放第一，领导批示件放第二，请示件和草稿附在这些文稿的下面。

对于张钰的每一个问题，乃大总是不厌其烦地一一作答。张钰很是感动，这聊天的次数就逐渐地增多，有时一天两次、三次，甚至没事的时候就想跟对方聊一聊。话题也不断地拓展，从单纯的业务咨询，逐步拓展到人生、社会，直至爱情。

有一次聊天中，容乃大不经意地问道："我们档案局是个弱势部门，就发点儿基本工资，全年的经济收入还不及人家工商局、税务局的一半。你觉得合理吗？"

他说的句句是实话，那些年，部门与部门、单位与单位之间，经济待遇相差甚远，就连绩效奖，上头只出政策不出钱，那些强势的职能部门，那些有创收门路的单位，每年的绩效奖发两三万，而像档案局这样的既无强势职能，又无创收门路的单位，就是到了过年的时候，也就发个两千块钱。说到这个话题，容乃大都感到有些心酸。

张钰回答说："肯定是不合理，可是现在这个分配体制下，你能有什么办法呢？其实呢，钱多多用，钱少少用。良田万顷，日食不过三餐；广厦万间，夜卧不过八尺。我就喜欢简简单单过日子，从不追求生活享乐上的奢华。"

乃大的心里涌起一股热浪，暖心窝子般舒坦。他接着说："是啊，我也一样，就喜欢简单，我选择到档案局工作，就是为了摆脱复杂的人际关系，自己做好自己的事情，过简简单单的生活。"

张钰深有同感地回复道："我跟你的想法一样，我考公务员的时候，很多人就劝我，不要报考供销社这个单位，早些年的计划经济时代，那时物资匮乏，供销社掌握着物资供应的大权，可现在实行市场经济，供销社的地位一落千丈，还考这个单位是没出息的。可我觉得，这样的单位特别好，人际关系简单，时日清闲却也有事可做。更重要的是没有太多的加班加点，可以规律地生活。"

乃大接过话题脱口而出地回答道："我们是同病相怜啊。"

张钰马上纠正说："哪里，是心心相印。"话一出口，张钰自知失言，急于改口，却一时又找不出合适的词语，只能"嗯嗯嗯，不不不"的不知所言。

乃大赶紧接话说："对，对，是心心相印。"

自此聊天之后，两人的感情骤然升温，慢慢地，也就有了湘江河边的漫步，剧场影院的牵手，不多时日，两个人的恋爱关系也就正式确立下来。

那天，乃大对张钰说："我们在外面吃顿饭吧。"

张钰说："不要，我要吃你亲手做的饭。"

乃大说："我给你买个镯子。"

张钰说："别买，把钱省下来以后培育孩子。"说完这句话，张钰白皙的脸上涌起了一朵红云。

乃大说："不行，该省的钱可以省，不该省的钱一定不能省。

我不能亏待你，这是底线，也是原则。"

张钰拗不过乃大，便跟着他来到了一家欧式小餐厅，花的钱不多，却吃得很雅致很有情调。镯子也买了，不是那种粗重的金器，而是小巧玲珑的白玉，非常精致，张钰一看就喜欢上了，立马戴到腕上。

自此之后，乃大也就经常性地往供销社跑，帮助张钰一起整理档案，有时双休日，两人一干就是整整两天。这样一来，到了八九月份，一屋子乱糟糟的档案就分门别类地整理得顺顺当当。

看到张钰认认真真一丝不苟的工作劲头，领导很是重视，专门腾出了两间办公室，从办公经费里挤出一笔钱款，添置了档案柜架和恒温防湿设备，安装了铁门铁窗，因陋就简建起了一个标准化的档案室。年终档案馆（室）标准化建设达标评比验收，供销社档案室被评为一级档案室。

正式授牌的那天晚上，张钰特别地兴奋，兴奋到总是睡不着觉，夜渐渐地往深里走，可还是睡不着，她便给容乃大打了个电话，让乃大过来陪陪她。

不知是心有灵犀还是早有预谋，张钰打过来的电话铃声才响一下，乃大就接通了电话，随后立即挂了电话，赶赴到了张钰的宿舍。

没有太多的言语表达，顺理成章地也很自然地发展到了一起。感谢上苍赋予每一个人的天性和本能，无论达官贵人还是凡夫俗子，无论贫穷还是富贵，只要是两颗心的燃烧和碰撞，这种天性和本能就会得到淋漓尽致的发挥。

当容乃大给住在乡下的父母打了电话，报告了他要结婚这天大的喜讯时，容老师一听，似乎比儿子还高兴，骂了一句："你小子终于去了我的一块心病。"

第二天正好是双休日，容乃大和张钰上街买了一些礼品，上门拜访了张钰的父母。张钰父母看到一个白皙的小伙子，身材高挑，脸膛方正，温文尔雅，心里头就像掉到蜜罐里的一样沁甜。双方都是独生子女，张钰父母抱孙子的心情和乃大父母一样迫切，当即催促他们早点儿把证拿了，把喜事办了。

这也正好合了乃大、张钰的心思，他们当即做了一下合计，择定了良辰吉日。

作为男方，容乃大的父亲虽是一个普普通通的小学教师，一生清贫，可为了儿子的婚事，他还是倾其所能，把儿子的婚事办得热热闹闹，皆大欢喜。

三

走过浪漫，就是庸常。和千千万万普通夫妻、普通家庭一样，容乃大、张钰婚后就是过日子，日子里离不开生儿育女、油盐酱醋，他们也为这些事情上下奔波，忙忙碌碌。

但是，他们的生活似乎与其他家庭又有些不一样。

他们从不去歌厅、不去酒吧，但打开"全民K歌"手机软件，却经常可以听到他们夫妻俩嘹亮的歌声，看到他们夫妻活跃的身影。单位里的工会活动，他们也往往是积极分子，有机会总要露一手，而且拿的名次还不逊色。

再过了两年，容乃大也由副科长提升为科长，因为是局里引进的唯一的档案科班出身的专业人才，没有特别的关照，也没有故意的冷落，一切顺理成章水到渠成。

因为是科长，到一些单位指导的机会也就更多，甚至还有不少单位邀请他去做一些讲座。张钰便会给老公一些刻意的打扮。当然，她买不起一两千块钱一套的名牌时装，但是西装是要的，她从一般的小店买回来，再做一番浅加工，熨帖整齐，这样看起来跟那些名牌时装，除了少了一块牌子，其他大体差不多。出门的时候，她还会对老公的衣着装束做一番检查，西装是否穿得整齐，领带打上了没有，也会帮老公把皮鞋擦得锃亮。她说老公大小是个科长、是个知识分子，走出去不能有失一个科长、一个知识分子的体面。

当了科长，容乃大也一直没有放弃研究历史与写作的爱好，而且文笔更加老辣，发表的层次更高，当然稿费也比以前多了起来，这在某种程度上也就贴补了家用。

在一些同学聚会的场合，张钰有时不经意地颇感自豪地提到老公写文章的事，也有不少人表现出羡慕，也有人不屑一顾，张钰的一个叫刘铁军的同学就说："写作是个苦差事，拿那点儿稿费，还不够我抽烟的钱。"

这刘铁军说的也是实话，当年雁阳烟民抽烟的水准，像档案局这些单位的普通干部，抽的也就是八元钱一包的精品"白沙"牌香烟，但有些职能部门的干部，抽的都是一百元一包的"和天下"牌的香烟，至少也是六十元一包的精品"芙蓉"。刘铁军是名交警，虽然不是位高权重，但在那些年，交警在社会上可是神通广大的人物。容乃大这点儿稿费，的的确确是不够刘铁军抽烟的。

张钰当然不予认可，她说："拿的稿费虽然不多，不够你抽烟，更发不了财，但来得正当。至于说苦不苦，只有他自己清楚，你可能认为苦，他却觉得是甜，乐在其中。"

对于老公从事的研究与写作，张钰一直持一种支持与肯定的态度，她说能写文章是一件特别让人羡慕的事情，有的人不耻，有的人不屑，实际也是不能，一般人还没这个本事呢。她把所有的家务都揽到自己的头上，好让老公有更多写作的时间。

张钰怀孕和生孩子的那些日子，乃大是放弃了写作的，他要照顾好妻子，让张钰生出一个健康的宝宝来。在是顺产还是剖宫产的问题上，夫妻俩的意见不太统一，乃大坚持要剖宫产，他从小就听母亲说过，女人生孩子就像过鬼门关，面临着一场生死考验，疼得死去活来，他不想让妻子受这么大的苦。剖宫产虽然要开一刀，但伤口愈合快，不像顺产那样疼痛几天。但张钰坚持顺产，也不知道她是从哪里听来的说法，说是顺产的孩子聪明，其实她真正的心思是不想出剖宫产那笔昂贵的医疗费和月子陪护费。这件事乃大没有拗得过张钰，最终还是顺产。

张钰临产的那一天，乃大守在产房，紧紧地抓住张钰的手，看到张钰疼得豆滴大的汗珠直往下淌，乃大也是泪水哗哗流淌。逗得在场的医生心里发笑，调侃他说："坚强点儿，男子汉。"

孩子生下来后，乃大把母亲接到了城里，悉心照顾妻子。

随着孩子逐渐长大，乃大和张钰除了工作就是家庭，档案局、供销社这样的单位，无论是星期天还是节假日，从来就不需要担心领导一个电话就把你叫了过去，他们就有更多的时间来陪伴和教育孩子。那些年各种校外辅导班开始兴起，张钰对乃大说："何必花那些冤枉钱，我们两个大学生还培养不好一个小学生吗？研究生都能培养出来的。"所以，除了让孩子参加了一个校外美术培训班以外，孩子所有的课程都由他们自己辅导。孩子也很争气，学习成绩一直在班上名列前茅。

当然，必要的社交活动，比如同学之间的聚会，他们也会偶尔参加一下。

前面提到过，张钰有个同学叫刘铁军，在交警部门工作，人称刘警官。那些年交警队可是个肥缺部门，有钱有权有势。刘铁军经常组一些同学聚会，张钰参加过两次，但她感觉到这刘警官喜欢在她面前炫耀，每次见到她眼神里总是放射出一股通亮的光，有时还故意来点儿肢体动作，这让张钰很不自在。后来他再组局，张钰就不太参加，即使出于无奈参加，也要把容乃大带过去。

那年"五一"放假，连休三天，刘铁军又要组局喝茶打牌，张钰说了不想参加，刘铁军又托其他同学打来电话，说是节假日同学聚聚，联络联络感情，她一个人不要显得见外，张钰无奈只好答应，她好说歹说把容乃大也劝了一起过去。

一走进门，大家就张罗着打牌。那些年，雁阳市流行着一种叫"三打哈"的扑克玩法，所谓"三打哈"，就是四人组合，三个打一个。两副扑克拼到一起，挑出三和四，庄家九十分起底叫分，五分一减，分数叫得越低，风险越大，而收益就越多。有人怂恿着容乃大一起上，乃大说："我不会打牌。"

刘铁军说："你这么聪明的人，一学就会，不难。"

经不住劝，容乃大只好赶鸭子上架。大家就定好了规矩，九十分起喊，五十加五十。

乃大不同意，说："五十加五十太大了，五加五才打。"

刘铁军说："也太小了吧。"

另外两个同学就做刘铁军的工作，说："容科长第一次打牌，就依了他，打五加五吧。"

这样牌就打起来了。因为打的是五加五的牌，刘警官觉得太小了，不管手上有好牌没好牌，争强好胜，盘盘叫分做庄家，结果不到两个小时，就被"割了袋子"，身上带来的两千多块钱全部输光。但刘警官一点儿也不在乎，他对大家说："你们休息个把小时，我马上过来。"

容乃大不明就里，说："就别打了吧，还得回去拿钱。"

坐在旁边的张钰拍了一下容乃大的肩膀，示意他不要多问。

打牌的另外两个人偷偷地笑，等刘铁军一走开，其中一人就说出了刘警官的秘密："你以为他真的是去家里拿钱啊，他是去马路上收钱呢。"

乃大颇感意外，对这个人说："不要乱说人家。"

那人抢白说："你啊，就知道躺在故纸堆里，不知道权力生钱，人家可是生财有道的，每天只要在车流量大的路口一站，查摩托车无证驾驶，现在有几辆摩托车办了驾照？可查到自己头上，拖到交警大队处理，既耗时误事，最终也逃脱不了罚款，还不如现场塞上个一百、两百块的，什么事都没有，立马放行。"

另一个牌友接着说："还不是仅仅查摩托的，查货车超载也是条生财之道，现在的货车哪个不超载，过桥过路费、保险费、修理费，货运成本太高，不超载根本就赚不到钱。为了逃脱处罚，那司机事先就做好了准备，在驾驶执照里面夹上一百块钱，交警一查，钱收走了，执照返还，车辆放行，这在货车司机中是个公开的秘密。"

容乃大听了，心里颇不是滋味，说道："这交警部门怎么有这样的人，烂到这种程度。"

两个牌友说："这都是司空见惯的事情，你还大惊小怪。"

但容乃大还是不同意这种说法，毕竟这种事情，在哪个部门都是极个别的现象，这一点，大家也表示认同。

说说笑笑之间，一个小时过去，刘警官果然按时回来，手里拿着一沓"红票票"，哈，足有一千多块。

有位牌友说："兄弟混得好啊。"

刘警官从口袋里掏出三包"和天下"香烟，每人递上一包，不以为意地说道："刚接的，你们尝尝。不弄钱咱兄弟的日子咋过啊。"

容乃大突然想起，早些日子因为骑摩托车没戴头盔，也被交警捉住罚款五十元，现在想起来还有点儿愤愤不平，他对刘警官说："这戴头盔有咋好的，没戴也要罚款？"

刘铁军煞有介事地说道："这个你就不懂了，这戴头盔与不戴头盔就是生与死的区别，假如你戴上头盔被汽车撞倒，就是伤，也就是生；假如你不戴头盔被撞到地上，那就是死。你说这区别大不大？你骑摩托不戴头盔当然得罚款啰。"

乃大还争辩说："那为什么我看到有的人照样没戴头盔，却没被罚款呢？"

刘警官露出"呵呵"的嘲讽一笑："要是你当天碰到我在那路口执法，你就不会被罚这五十块钱啰。"说完他还故意地对着张钰问一句："你说是不是？"

乃大没有作答，张钰更没理他。

另外两个牌友附和着说："所以啊，我们就得交上你这个交警朋友，以后碰到类似的事情就靠你帮忙啰。"

打牌回家的路上，容乃大对张钰说："以后少跟这姓刘的来往，此人心术不正。"

张钰调侃似的对乃大说："你别吃不到葡萄说葡萄酸，你看人家的日子过得多滋润多舒坦。"张钰口里这么说，实际却是对刘铁军满肚子的厌恶。

听到妻子说出这话，乃大有些不高兴，鼻子里"哼"了一声，大跨步地向前走了。

张钰感觉到乃大有股醋意，竟暗自发起笑来，心里说："还容乃大呢，容乃小。"

四

档案局乃清水衙门，却也是一座"庙"，庙里养着和尚，自然不时也会有些"香客"。

这么些年，容乃大的名字在雁阳市档案系统已经是无人不知，无人不晓，凡有档案疑难问题，大家就自然想到了他，档案人员中流传着这样一句"口白言"："整档案，找乃大。"

雁阳市卫生局乃档案大户，有文书档案、医疗档案、人事档案、财务档案、工程档案等等，堆满几大屋子。但因档案员流水般轮换，思想不稳，专业不精，导致档案管理颇为混乱，给档案利用带来诸多不便。有些患者因为查不到自己的病历档案，意见直接提到了局长耳里。局长颇为重视群众呼声，他也知道市里有个"档案专家"叫容乃大，便亲自给容乃大打电话，请他去现场指导，促一把本局档案管理水平和利用效率的提升。

放下电话，容乃大二话没说，骑着摩托车就往卫生局里赶，来不及喝一杯茶水，就直奔档案室。两个档案管理员是最近才接手档案工作的新手，面对这满屋子的档案，两眼一抹黑，不知所措，煞是焦虑。乃大拿着一卷卷档案手把手地教，首先是对所有档案进行分门别类，再逐卷进行整理装订，登记造册，存入不同的区域和柜架。

这一个月下来，容乃大去卫生局的次数不下十次。经过这么一段时期的整理，过去那杂乱无章的档案室，给人耳目一新之感。卫生局局长甚是高兴，完工的那一天，局长带领分管副局长和档案员把容乃大送到门口，将一个信封塞到容乃大的公文包，说："这是我们局档案工作的总结材料，请你多多指教。"当时乃大不明就里，以为真的就是一个材料，没有过多考虑，也没当场拆看就骑上摩托往家走。

回到家里，乃大打开信封一看，吓了一跳，里面竟是一大把"票子"，他粗粗地数了一下，整整三千元。他把钱拿到妻子面前，跟妻子商量，这钱咋处理。要说当时家里正是需要用钱的时候，孩子上幼儿园，正需要交一大笔学费呢。可妻子一时也拿不定主意，要说这钱，收也可，毕竟他在那指导十余次，是他的劳动所得。要说不收，更有道理，他是国家工作人员，指导各部门做好档案工作是他应尽之责，他已经拿了国家的工资，岂有再拿报酬之理。认真地说起来，这也是一种违纪行为，违纪的事千万不能做。

这样一来，夫妻俩讨论来讨论去，眨眼到了晚上十一点多钟。张钰说："都是这个信封惹的祸，往常我们带孩子散散步，都是十点钟按时就寝，今天拖到了这个时候，还睡不着，明天你赶快把信封退回去吧，落得个安稳觉。"

第二天一大早，容乃大翻身起床，带上信封就往卫生局里赶，到达卫生局的门口才七点半，离上班的时间还差半个小时，可他硬是在局长的门口等了半个小时，看到局长的小车进了院子，他立马迎了上去，将信封交给局长说："你们的心意领了，但这个不能收。"

局长很是惊奇，颇不理解。

乃大说："若每个单位都是这样，我不就发财了，全市那么多部门和单位，每个单位送一千，就是十多万了，那不够我坐牢了？这个钱是千万收不得的。"说完便一溜烟走了。

望着容乃大的背影，局长像是发现天上的太阳从西边冒出，不无遗憾地说道："这憨子。"

做"憨子"，容乃大似乎还不是这一次。

雁阳市国土局要搞档案数字化，这是省国土局部署的一项工作，也是推进档案管理现代化，方便群众查阅。国土局的档案整理业务是容乃大指导完成的，这档案数字化的事情他们便也向他请教，希望他继续指导，推荐一家数字化公司来做这项事情。

容乃大想起曾经参加过省里的一个档案数字化研讨会，研讨会名义上是省档案学会举办，实际是由一家档案数字化公司承办的，记得当时这家公司老总还给了自己一张名片，他在办公桌里找到了这张名片，就顺便跟公司经理打了个电话，说是雁阳国土局有一笔档案数字化业务，他们能不能派人来考察一下。公司经理立马答应下来，第二天就派出公司副总前来洽谈，通过走法律程序，这个公司顺利地接到了这笔总额四百五十九万元的档案数字化业务。

公司员工进驻后，用了十个多月时间，业务就完工了。国土局邀请了省市及高校的档案专家进行评审验收，容乃大作为专家之一，也参加了评审工作。整体来看，国土局的档案数字化过得硬，专家组给出了评审合格的验收报告。这次评审，国土局给了每位专家两千元的评审费。关于评审费一事，容乃大特地咨询了纪检监察部门，纪检监察的答复是可以收取的，容乃大也就和省里专家一样，没有心理负担地收下了这两千元。

事情到此也就了结了，可没想到的是，当天晚上，公司经理跑到容乃大的家里，递上一个包裹，说是专程来看看容老师和弟媳妇，恳请容老师担任公司顾问，并有意聘请张钰以技术入股的形式加盟公司，月薪不低于一万元。

容乃大打开包裹一看，里面竟是十万元现金。他顿时气不打一处来，大声责备道："你是要让我坐牢是吧？你这钱我能收吗？我和张钰都是国家公职人员，这个顾问我也坚决不会当，张钰更不会到你公司去兼什么职，你请回吧。"

张钰也走了上来，大声责怪道："你这不是污染我们的家风吗？快拿走，别让孩子看到了。"

公司经理连连解释道："容老师您别见外，我也是一个重情重义之人，这是您应得的业务费，没有您的推荐，我们怎能做上这笔业务！"

乃大说："你们不做，别人也是做。我再次重申，这种业务费我是坚决不会收的，你走吧。"说完，硬是把公司经理推出了门。

公司经理走了以后，乃大夫妇竟长吁了一口气，就像心头搬走了一块巨大的石头，浑身轻松和自在。

五

新时代日子一天一天好起来，容乃大先是评上了高级职称，每月加了八百多块钱的工资。机构改革，局馆分设，他又被组织上提拔为市档案馆分管业务工作的副馆长，堂堂正正副处级干部。张钰虽然还是一个普普通通的档案管理员，但因为市供销社档案室晋升为"省特级档案室"，连续两年立功，受到市政府表彰，破格加了一级工资。尤其让乃大和张钰颇感欣慰的是，从2015年开始，部门与部门、单位与单位之间的经济待遇上的差距没有了，工资和绩效奖全部由财政统发，个人福利归属工会，元旦、春节、清明节、劳动节、端午节、中秋节、国庆节，一共七个节日，每个节日发三百元，一共两千一百元，生日慰问两百元蛋糕券，每年再发两百元电影券、两百元购书券。除此之外，哪个单位都不允许多发滥发钱物，无论是财政局、税务局，还是档案局、供销社，经济待遇一律平等，这让一些过去被称作弱势部门的干部职工顿时扬眉吐气，感受到了公平和正义的阳光普照。

昔日里，因为经济上的捉襟见肘，容乃大两口子几乎没有什么社交活动，除了工作就是家庭，他们把别人用于交朋结友的时间全部花在了培养自己的孩子身上，这孩子比当年的乃大还争气，学习成绩一直位居学校前三名，去年中考，以高分考入了市里一所重点高中的创新班。

日子好起来了，儿子全寄宿，乃大、张钰过起了二人世界的生活，幸福的时光也丰盈起来。那天晚上，张钰钻到乃大的怀里，娇恬地拍打着乃大的胸脯，说道："这日子好过了，想不想抓住青春的尾巴，给你生个二丫头？"

容乃大欣喜若狂，抱紧张钰说："咋不想呢，无论小子丫头我都喜欢。"

两个月后，张钰感觉胃口有些异样，口里不时冒出酸水来，便对乃大说："陪我去医院一趟吧。"

乃大看了看张钰，一下子便明白了，他猛然抱起老婆，狠狠地亲了一口。

张钰说："熊样，都老夫老妻了。"

档案局离医院不远，容乃大挽着张钰的手臂，走路去的。半路上，他们碰到了张钰的一位同学，也就是早些年在茶楼打牌的牌友之一。闲聊几句之后，牌友说："你们的好日子开始了，有些人的好日子可是到头了。"

张钰好奇地问道："啥事啊？冷嘲热讽的。"

这同学便直接说道:"刘铁军被抓起来了。"

"啊?"乃大和张钰都感到十分惊讶,但很快又释然了,心里想:"早就料到如此,夜路走多了,总会碰到鬼的。"

接着,这同学便将刘铁军被抓的经过叙述了一遍。

前些天的一个晚上,刘铁军在马路上查酒驾,他事先守在一个酒店的门口,瞄准一个醉醺醺的酒客从酒店里出来,径直向自己停车的地方走去,此人东看看西望望,见周边没有交警查酒驾的迹象,便钻进车厢,把车开到了马路上。说时迟,那时快,这刘警官赶紧冲了上去,将车子拦住,随后叫里面的人把车窗打开,递上执法证,拿出酒精检测仪,让驾车者吹吹气,一测,严重超标,醉驾。这酒客吓得脸色苍白,四肢都软了,尿液也从裤裆里流了出来,苦苦嚷求说:"警官放我一马吧,罚款多少我都认了。"

刘警官大臂一挥,吼道:"什么放你一马,公事公办,跟我到队里去。"

酒驾者赶忙摆手说:"且慢且慢,让我给家人打个电话。"

刘警官故意走开一步,说道:"好,你打吧。"

过了半个小时,酒驾者的妻子便驱车兴冲冲地赶了过来,来到刘铁军的跟前,从袋里掏出一个沉甸甸的包裹,侧身用身子挡住路人,将包裹塞到刘铁军的公文包里,口里恳求说:"求求您放过我老公吧,您放他一马,您就是我们家一辈子的恩人啦。"

刘铁军以教训的口气对酒驾者夫妇说:"以后可要注意啦,驾车不喝酒,喝酒不驾车。"

刘铁军满以为此幕肮脏的交易就这样拉下帷幕,岂知,他这前前后后的过程被驻雁阳市政法队伍整顿领导小组的暗访人员全程录音录像，他被逮个正着，结果当场就被带走了。

听了同学的叙述，容乃大深有感慨地说道："国家打虎拍蝇，反腐力度日益加大，涉及各个部门各个行业，这政法队伍的风气也是今非昔比啊。"

那同学也接过话说："是啊，现在各行各业都走向了规范，那摩托车统一免费办理驾照，货车司机也不超载了，那些想动歪心思搞钱的人也没了门路。"

容乃大夫妇一阵唏嘘，张钰对乃大说："老公啊，我们的苦日子才是好日子。"

乃大说："什么苦日子、好日子，只有风清气正、海晏河清，才有我们大家的好日子。"

两人大笑起来，继续手挽着手向医院走去，共同期待着一个新的生命在世界降临。

《日子咋过》创作谈

2019 年 2 月，我从衡阳市委改革办专职副主任岗位转任市档案馆馆长、党组书记。初来乍到，我感觉到档案部门的干部氛围与市委机关比照，有着明显的差异。市委机关干部接触面广，思维开阔，干部提拔流动快，年轻干部多，干部队伍洋溢着积极向上、奋发有为的激情和活力。而档案馆的干部，进了档案这道门，基本上就是一辈子泡在故纸堆里，难有提拔重用的机会，流动到其他部门的更是凤毛麟角，由此导致档案干部思维有些闭塞，整体缺乏生气和活力。作为一名管理者，我有职责去提升和增强他们的活力，显然这偏离了这篇短文所要探讨的问题。

当我在档案部门工作了一段时期，更深层次去接触和了解档案干部的时候，我才感觉到，我所见到的生气和活力，只是他们给人们留下的表层印象。因为职业的修炼，也可以理解为职业的局限吧，档案干部没有太多的追求与奢望，日复一日，年复一年，他们工作在有限的区域里，已经习惯在故纸与旧墨的清香里享受那份静谧与安宁，并从中获取精神的寄托和心理的愉悦。反过来看，我们的社会也太需要这种对一项事业的专注与沉醉。因为，人类生存空间提供给人们出人头地的平台毕竟太少，我们的社会需要更多的人去做一个普通人，从事平凡而又默默无闻的工作。

但是，人不可能生活在真空中，档案干部大多受过高等教育，先天潜质并不比他人差，面对光怪陆离的社会，他们不可能孤立地存在，必然有着社会现实与心理需求的碰撞。正是在这种心理碰撞中，他们把职业局限转化了职业优势，并且在这种优势中寻求到了一种心理上的平衡和补偿。因为档案工作单调、低调，这就使得档案干部没有太多的外界的侵扰，也就可以让自己最大可能地保留个性特质，成为一个真正的具有逻辑思维的人。比如，档案干部只要把日常工作做好了，就无须像一些"热门"单位一样，处于无休止的加班加点之中，就可以做到有规律的生活，也就让他们有更多的时间去培养自己的孩子，去追求个性需

求，去享受大自然的美好，从而在另一个人生维度，活出人性的精彩和人生的美好，也从中获取立足于这个社会的价值与尊严。

因此，当我产生创作一篇以档案人为题材的小说的想法时，几个同事的形象便悄然走进了我的脑海。经过反复地挖掘、打磨，有着独立的生活态度，同时充满着人生智慧的容乃大这个人物便跃然纸上。当然，由于自己创作功力的不足，写作中还是未能深入挖掘其内心世界的丰富性，描写出更多的侧面，这就使得人物形象比较单薄，立体感不强。但是，作为一个曾经的档案工作者，一个非专业作家，能够写出一篇文学作品中很难见到的档案题材的作品，并能比较真实地反映档案干部部分的生活现象和心理状态，我就心满意足了。而且，我相信，当亲爱的读者朋友读完这篇作品时，我要从这篇作品中传导给所有人的理念也会基本达到，这就是：即使做个普通人，也要活得精彩！

爱你一辈子

一

今年的夏天似乎比往年有些逞强，才五月上旬，热浪就斗狠似的弥漫，蹿到人的身上，让人感到丝丝的燥热。上湾冲的男人女人早早地起来，趁着一天的阴凉时光，给稻田和菜地除草、施肥、浇水，这样忙碌到八点多钟，当灼热的光束射向田畴的时候，便各自归家，拾掇起早餐来，夏日的袅袅炊烟就比往常冒得晚了些。

上午九点多钟，人们吃过了早餐，陆陆续续地往湾口一棵大樟树下走去。这是一棵百年大樟，树冠的直径估计达到二十米以上，树的浓荫几乎遮盖了两百多平方米的地面。树下有十多个石墩，石墩被人们的屁股磨得光滑锃亮。

不知源于何时，反正多少年来，只要天不下雨，樟树下便会集聚一些人。这里是村里人纳凉休闲的场所，更是发布新闻、交流思想的集散地。

这不，樟树下已经集聚了二十多人，人们一边纳着夏日里树荫下的清凉，一边谈笑风生，嬉戏打闹。说笑的内容家长里短，天南地北，无所不及。

今天的话题好像是谈论友国跛子的老婆月娥的趣事。有好事者绘声绘色地描述道，早几天，他看到月娥坐着村赤脚医生刘建斌的摩托去赶集了，那街面上的神情，亲密无间，不是夫妻，胜似夫妻。这话题早两天就有人说起过，但那时还是神神秘秘，不敢张扬，生怕惹出事端来。可这时候，却是大大方方，无所避讳了。

说曹操，曹操就到。正在这时，平常也经常出现在谈笑人群中的友国跛子，脚跟一高一低、身子一俯一仰地走来了。客观地说一句，友国跛得不是特别厉害，前俯后仰的幅度也不是很大。可毕竟给人留下鲜明的特征，远远望去，就知道是友国跛子来了。待他走近些，人们的议论便戛然而止。

友国跛子的大名叫张友国，之前大家都叫他友国，可自从那年摔下一跤落得个跛脚的残疾后，人们就自然地在友国的后面加上了"跛子"二字。有这样一种现象，当你还是四肢健全的时候，人们便自然地说其名字，当然也有叫其乳名的，诸如大俫、三俫、四俫等等，而一旦你落下了一个残疾，或者本来就有一处先天性的缺陷，这种形象特征便很自然地挂到了你名字的后边，诸如三俫瞎子、友国跛子、四俫矮子等等之类。倒不是刻意冒犯，只是习惯使然。当然，这种极不友好的称谓，也只有两者之间谈到第三者的时候才如此，真正直呼其本人还是不敢造次。

友国跛子除了脚有些跛之外，身子骨还是颇为硬朗，虽说年纪已经七十岁出头，可面相看起来也就六十来岁的样子，可以用精神矍铄来加以描述。友国其实是一个很精明的老头，人跛心不跛，当他走近樟树下的人群，察言观色，就已经觉察到了大家神情的异样，尤其是听到的谈话戛然而止，心里更是明白了几分。

是的，友国自己何曾不知道呢？他走过的桥比他们走过的路还多，任何事情又何曾躲得过他的眼睛，要说这种尴尬场面的发生，他心知肚明，其始作俑者正是自己。

村赤脚医生刘建斌，虽说是第四村民小组的人，但与友国做了三十几年的邻居，有不错的交情。事情的起因是建斌的老婆不幸病故，他只有一个女儿，长期在外打工。看到老邻居孤苦伶仃的境况，友国便让老伴去照顾照顾，也就是洗洗衣服、做做饭菜，有时候友国也把建斌叫到自己家里来，聊聊天，唠唠嗑，吃着香喷喷的饭菜。三个年过花甲的老人，没有恩恩爱爱，没有儿女情长，甚至没有男女性别的差异，就这样简简单单地打发着日子，建斌落魄的神色也渐渐有了一分喜样。

事情的蹊跷就出在那天赶集归来，友国明显地感觉出建斌与月娥表情的异样。他暗自思忖，自己年已七十三岁，妻子比自己年轻十二岁，建斌的年纪也就六十多岁，这长期的相处生出些事端来也在情理之中。

但是，友国深爱自己的妻子，处处维护自己的妻子，他不容许村里人对妻子说三道四，他甚至设想，即使月娥与建斌有些什么越轨的行为，他也可以包容这种关系的存在，在村里，哪怕自己受辱，也不容忍对妻子声誉有丝毫的伤害。

前两天，当村里人的议论不经意间传到自己耳里的时候，他就准备理直气壮地站出来为妻子撑腰说话。经过两天的思考，今天他特意赶到樟树下，打算坦然地向大家亮明自己的观点。他也曾听过"士可杀不可辱"这句古话，但是，为了自己的女人，他必须得豁出去。

来到人群跟前，看到大家都怪怪地望着自己，友国挺直了腰杆，大声说道："乡亲们，月娥是我的妻子，跟了我四十几年，而今，无论她与建斌有什么关系，都没大家的事，只要我不发话，你们任何一个人都没资格说话。"

说完，张友国便转身离去，尽管还是一跛一跛，却有将军般的伟岸与威严。

望着友国远去的背影，留下来的人们面面相觑，最后都低下头来，暗自思忖着这份无聊与无趣。

二

张友国出身于一个地主家庭，他的爷爷张东林，中华人民共和国成立前是当地颇有威望的绅士，身材魁梧，神情威严，头戴礼帽，手持拐杖，威风凛凛，哪家有个红白喜事，都要请老爷子做个主持，邻里之间有个矛盾纠纷，也常常请老爷子出面调解，并且都要奉上些许银两作为盘缠，大户人家还得雇上轿子抬他过去。张老爷子读过圣贤书，也是有一些家国情怀的，他生了五个儿子，分别取名为似龙、似凤、似虎、似麟、似彪，个个名字霸气十足。友国的父亲叫似龙，在家排行老大，他的三个儿子的名字也是爷爷所赐，分别叫作友国、友邦、友家，治国齐家平天下，俱齐了。尽管如此，张东林并没有落得个好名声，乡里人有求于他，又畏惧于他，甚至有人觉得他盛气凌人，对他怀恨在心，后来，罗列种种罪名，将他打入了地主恶霸的另类人群。

友国的父亲似龙五兄弟，除小弟似彪划成富农成分外，其他四人均被划成地主。在那个特殊的年代里，友国兄弟也便受了些歧视，低人一等，常常被人骂作"地主崽"，却不敢反抗，只能忍气吞声。就是在这种环境中，他们养成了忍让、坚韧的品格。

好在似龙兄弟平常为人低调，尽管处在绅士之家，他们却常常跟穷人家的孩子玩在一起，结交了一些死党，大家觉得一人犯罪一人当，也就没有过分地为难他们一家及其后代。

可是命运之神却并不因为你的弱小给你特殊的关顾，相反却常常把不幸降临到你的头上。还在友国十二岁那年，因为家里穷，加之成分不好，友国便早早辍了学，参加集体劳动。一次劳动收工的时候，从下丘田到上丘田的路上，友国欲抄近路，用锄头勾住上丘田的田岸，寄希望借锄把作为爬杆顺杆而上，不料上丘田的田岸还是松土，友国捏住锄把往上爬的时候，锄头连土滑了下来，摔在一块石头上，导致骨折，送到医院，虽是把摔断的骨头接起来了，却比左脚短了一节，从此友国就成了一个跛子。

身患残疾，也就不能再从事繁重的体力劳动，父母让友国学了一门裁缝的手艺。二十世纪八十年代以前，市面上还很少有成衣卖的，尤其在农村，农民穿衣，都是从供销社扯来布料，再请裁缝师傅上门做成衣服。这样的裁缝每个村里有三到四个，其队伍大都由残疾人或姑娘家组成。

友国裁缝学成出师，便每天帮农户家里做衣服，到了一个生产队，家家都轮上，往往要做二十多天。那时候一天的工钱是一块五毛，交生产队一块二毛，记工分十分，参与集体分配，自己还可以留下三毛贴补家用。实行生产责任制以后，工钱涨到了一块八毛，而且全部归自己所有了。这时候，中央推行地主摘帽政策，友国一家的地主成分也被取消，一家人扬眉吐气，从此过上了与其他村民一样正常人的生活。

年轻的友国聪明伶俐，做事勤快，收工可早可迟，有时开个晚工也不计较，便深得村民的好评。那天村支书家做衣服，友国有心巴结一下村支书，做了两天工却只收一天的工钱，加之友国平常就嘴巴甜，见到村支书总是客气地打招呼，支书长支书短地叫个不停，这便在村支书那里留下了一个极好的印象。

因为家庭成分不好，又是个跛子，友国虽然有门手艺，却到了三十岁的年纪还不曾找到对象，就连说媒的也是退却三步。在当时，三十岁可是大龄中的大龄，很多人到了这个年纪，就得做好终身单身的准备。当时的法定结婚年龄是男二十二周岁、女二十周岁，而当地农村的实际结婚年龄比这个年龄还要低。

因为村支书对友国有一个好的印象，便主动地跟友国提起说媒的事情，这可让友国受宠若惊、感恩不尽。

村支书在本大队的九队蹲点，九队队长文广生有一个十八岁的女儿，名字叫月娥，村支书打算将月娥介绍给友国。文广生是村支书介绍入的党，又是村支书提名担任的生产队长，可以说文广生是村支书一手培养起来的人。所以，支书便胸有成竹地向文广生提出了此事，文广生夫妇二话没说就答应了。

可是，当他们将此事说与月娥时，月娥心里却是一百个不愿意，她说，自己才十八岁，暂时还不想嫁人。实际让她闹心的是，对方曾经是个地主崽，还是个跛子，比自己年纪大了十二岁，自己虽非艳若桃花，却也是黄花闺女，身材结实，五官端正，跟十里八乡的姑娘比起来，也是个中等偏上的女子，怎就要找一个比自己年纪大那么多的跛子呢？

文广生耐心地做女儿的思想工作："月娥啊，支书出面为你做媒，是我们家的荣幸，你若是不答应，我们也得罪不起啊，何况他是你爹的恩人啦。再说吧，友国年龄是大一点儿，为人处世还不错，除了脚有点儿跛，长相也不差，他有门手艺，你跟着他，不会吃亏的。"

听了爹的一番话，月娥委屈的泪水在眼眶里打着转儿，爹哪里知道女儿的心事啊。

这一边，村支书又给张友国出主意，他对友国说："我给你出具一个介绍信，你去找公社分管办理结婚证的杨部长，让他帮你把结婚证办了。"

当年的结婚证，在乡政府就可办理，甚至不需要男女双方到场，有了村支书的介绍信，友国又说了不少好话，他终于拿到了结婚证。

拿着结婚证，友国兴高采烈地跟着村支书，再次来到月娥的家里，父母好言相劝，要月娥认了这门亲事。

百般无奈之下，月娥泪流满面，勉强地点了点头。

第三天，婚礼紧锣密鼓地举行。随着一班接亲和送亲的人马，月娥踏进了友国的家门。

三

看到友国与月娥成亲的队伍，有一位青年人站在远远的山岗上，眼泪纵横，唏嘘不已，心口就像插上了一根钢筋般疼痛。他望天长叹：上帝为什么对我这样不公啊！

这个人就是刘建斌。建斌出生在友国相邻的一个生产队，这年他二十六岁，长得比较秀气，担任着村里的赤脚医生，由于较少从事烈日下的劳作，皮肤白皙，更显出一股儒雅书生的味道。

那天深夜，狂风大作，暴雨倾盆，月娥娘突发阑尾炎，疼得直在床上打转。爹便打发月娥去叫村里的赤脚医生刘建斌来给娘看病。月娥便冒雨赶到建斌所在的生产队，深夜里敲开了建斌的家门。

听到有人叫他看病，建斌二话没说，一骨碌滚下床，披上雨衣，打上手电筒，跟着月娥往外走。由于风大雨急路滑，手电筒的光亮又不大，两人只有手牵手地往前走。牵着牵着，走着走着，便渐渐地感觉到对方的体温，一种直让人晕眩的愉悦也像虫子似的往他们的心头窜动。

走进门，打了针，吃了药，月娥娘的疼便得到缓解。随后几天，建斌每天都往月娥家里跑，给月娥娘送药熬药，月娥也一直在身边陪伴。

几天下来，建斌的形象便如影相随般占据了月娥的整个脑海，不时痴痴地念着他、想着他，一种总希望见到他的欲念挥之不去。

月娥娘的病渐渐地好起来了，可建斌仍然隔三岔五地往月娥家里跑。两人一见面，就有聊不完的话题。他们自己也开始意识到，爱慕之情已经在各自的心里滋长蔓延。这样半年多下来，虽然相互之间都没有说破，但爱情的纽带已经将两个人的心紧紧地扭到了一块。

也就是在这个时候，村支书出面给月娥做媒来了，第一次，月娥高低不肯答应。那天晚上，月娥找到建斌，直言向他倾吐了自己的爱情，并将村支书做媒的事情告诉了建斌。

听到村支书给月娥做媒的消息，建斌顿时如同五雷轰顶，他不顾一切地抱住月娥，生怕她顷刻之间从自己的身边消失似的。可是，他又是那样的万般无奈，浑身无力，他不能跟村支书作对啊，支书也是自己的恩人啊，假如没有村支书推荐自己去县里学习，自己就不可能成为赤脚医生。当年的赤脚医生，虽然不是拿国家工资，但是一门技术活，是门体面的工作，为村里人治病，在村里颇有地位，深受村民的爱戴和尊重。

就这样，在那个月光皎洁的晚上，他们只能在浓浓的月色下，紧紧地拥抱、依偎、哭泣，当东方渐渐破晓的时候，他们还没有得出一个可行的结论，只有依依不舍地分开，等待命运的安排吧。

没承想事情的进展是如此之快，第二天，友国就把结婚证摆到了月娥的面前，月娥的心里是十二个不愿意啊。父母的压力，村支书的意志，她无法拒绝。这个从生下来就没有走出过小山村的弱女子，没有丝毫的抵抗的力气。只有认命了，她在心里默默地对建斌说："建斌，对不起了，这辈子做不成夫妻，就让我们下辈子做夫妻吧。"

当然，村支书也没能忘记对刘建斌的关心，他认为，建斌这小伙子好学上进，聪明能干，是可造之才，事业上提携他，对他的婚姻大事也惦记在心。他特地托人从十多里的外地物色了一位女子给建斌。这个女子叫芳云，年方二十三岁，苗条的身段，白里透红的脸，颇讨人喜爱。一见面，对方听说建斌是赤脚医生，长得又温文尔雅、落落大方，一下就应承了这门婚事。

可是，就在成婚的那一天，当女方一行来到建斌家里，看到他家父母带着六个孩子，挤住在四间房子里时，立马就反悔，当即准备班师回朝。村支书又代表村委会出面挽留，对方提出了唯一的条件：结婚就分家。待建斌父母当面答应，才留了下来。

建斌共有五兄弟七姊妹，有个哥哥已经结婚另立门户，建斌排行第二，下面还有三个弟弟两个妹妹，这日子人家新媳妇不愿意啊。为了让儿子讨上这门媳妇，父母只有打掉牙齿往肚里吞，自己再苦再累，也不能给小夫妻添负担。

芳云进门的第三天，在村支书的主持下，建斌夫妇就与父母分了家。芳云虽然农村长大，但父亲是名教师，从小受过良好的教育，勤劳节俭，处事大方，是过日子的好帮手。建斌又是赤脚医生，当年村里给的工分与大队干部享受同等待遇，两口子的日子过得甜甜美美。第二年，芳云就生下了一个女儿。那时候计划生育抓得紧，国家鼓励一对夫妇只生一个孩子，建斌是村里的赤脚医生，无疑要在这个方面带个好头。因此，芳云生育第一胎后，他就做了结扎手术。

孩子生下来以后，家里的住房就显得更加拥挤了。第三年，夫妻俩有了一点儿积蓄，就计划翻盖房子。但是，他们队里所有的人家都建在一个山坡上，已经没有空地，最后还是托村支书协调，在三队的地盘划了一块地基给建斌。这块地基正好属于友国他们生产队的地盘，所属的地块又刚好与友国家的房屋相邻，他们便成了名副其实的邻居。

但事物的发展并不如人们预想的那样，建斌虽说与月娥有过一段恋情，可农村人哪里有城里人那般浪漫，往事渐渐过去，时间久了，便成了一种缅怀，可每天生活的拖累、艰辛的劳作，缅怀也已经荡然无存，那段恋情也便早已消磨在历史的尘埃。

况且，建斌对自己的妻子也非常满意。为了早日建成一个新家，两口子没日没夜地劳作，地基的事定下来以后，他们就在地基上采泥烧砖做瓦，每天起早摸黑，干个不停。半年下来，建房的材料就筹备齐全，到年底，新房就盖起来了。

改革开放，农村落实了生产责任制，建斌继续为村里人看病，可是这时已经不是再拿工分了，而是由村民自己掏钱看病了。芳云种着责任田，建斌有空也帮帮忙。小孩渐渐地长大，成绩一般，父母没指望她考上大学，初中毕业，就去了沿海城市打工。

随着人们健康意识的增强，看病就医的人越来越多，村里建起了卫生室，建斌一个人坐诊，有时忙不过来，芳云也去帮忙，她本来就是一个聪明伶俐的女子，跟建斌帮忙没多久，也学会了打针、输液之类基础的治疗方法，夫唱妇随，一家人的日子过得红红火火。

然而，天有不测风云，就在建斌六十四岁那一年的夏天，芳云突然感到肺部有些疼痛。本来这些年来，她就不时有些咳嗽的毛病，自己总以为是一般性的感冒，也就没有引起足够的重视，直到有一天，她吐出了一口鲜血，才吓了一跳。那一天，建斌匆匆忙忙把妻子送到县医院治疗，县医院查了一下，没有十足的把握确诊，建议送上级医院检查。送到上级医院，确诊肺癌晚期。全家人的心顿时掉到了冰窖里，无法自拔。可病魔并不会因为人们的善良和痛苦给患者以丝毫的怜悯，熬了三个月，芳云就驾鹤西去。

可怜刘建斌，办完妻子的丧事，面容憔悴不堪，仿佛也大病一场，一下子苍老了几岁。也就是从这时开始，作为几十年的邻居，友国吩咐月娥去照顾一下建斌。

世事可以让一切沉淀，此时的月娥虽说十七八岁的时候与建斌有过那么一段短暂的恋情，但正如前面所述，时间可以平复一切，此时她对建斌的照顾，也仅仅限于邻居之情。

事情发生到质的变化，是那天恰逢赶集的日子，友国让月娥坐建斌的摩托车去集市买些荤菜，月娥便坐上了建斌的摩托车往集市奔走。驱车至半路，一辆小汽车从侧面横冲而来，建斌一个急刹车，原来只抓着建斌衣服的月娥，身体朝后一仰，险些掉了下去，她"啊呀"一声尖叫，下意识地扑到了建斌的背上，正值盛夏时节，月娥只穿着薄薄的短袖衣，当她胸脯贴上建斌的背心时，建斌惊悸了一下，他不经意间调头看了一下，两人的脸又无意间碰到了一块。尴尬之下，四十多年前曾有的情愫便浪涛般喷涌而出。下段的路程，两人便有了些心事。

建斌对月娥说："手扶着我的腰，注意安全。"

赶集归来，回到建斌的家里，二人眼神的瞬间对视，似乎霎时间就可点燃鲜活的生命。但此时月娥却是出奇宁静，好像心里头放了一根定海神针。她轻轻地拿开建斌伸向她肩头的手，说道："建斌，从我答应跟友国在一起的那一天开始，我就是你的好妹妹，现在是，将来也永远是。"说完，便毫无拖泥带水地走出了建斌的家。

四

现实生活的艰辛与命运的多舛，有些事情不能不让你去面对、去迎击，这不，关于月娥与建斌的事情还没理清个头绪，又一个不幸的消息给了友国当头一棒：儿媳妇跑了。

日子本来在一天天好起来。

自从新婚的第二天，月娥就暗暗发誓：既然结婚了，这一辈子就要跟定友国，做友国的好媳妇。

翌日清晨，月娥忧伤与沉闷的心情烟消云散，脸上洋溢着红润与安定，与先一天相比，简直就像变了一个人。一大早起来，叫了爹，叫了妈，然后就挑着水桶，把水缸挑得满满的，接着，扫地、浇菜、烧水、做饭，俨然就是一个家庭的主妇。

在那些日子里，友国与月娥各自形成了自己的念想，友国的念想是：我配不上月娥，我要对她千般万般好，来弥补我对她的亏欠。月娥呢，则一直念想着：我的丈夫是个残疾人，我要千般万般地照顾他，让他和正常人一样幸福。就是怀揣这份念想，他们撑起了这个家，这片爱的天空。

婚后不久，友国继续做他的上门活计，清早出门，月娥都要送上一程；傍晚，友国还没收工，月娥就会打着手电筒去接上一程。友国上门做衣服，人家当客人接待，生活好一点儿的，要摆上一些好吃的零食，友国舍不得吃，带回家里留给月娥吃。有的人家客气，除了正常付给工钱，还要发一包香烟，友国不抽烟，就拿到村代销店去退掉，退烟的钱交给月娥保管。

外出打工潮兴起，月娥很想与同村姐妹外出去广州、江浙一带工厂做工，一来见见世面，二来比家里种田来钱快。可是，她考虑丈夫是个残疾人，没厂子要，便一心待在家里，陪丈夫耕种好二亩三分责任田，外出打工的事闭口不提，生怕无意间伤了友国的心。

这时候，农村也不时兴请裁缝上门做衣服了，而是到集市上去选购成衣，友国的手艺活也就被荒废下来。夫妻俩商议着养了五十只鸡、一百只鸭，靠发展家庭养殖业来贴补家用。

不几年，他们生育了一个儿子一个女儿，儿子取名云露，女儿取名云芳。人们说，老夫少妻生的孩子聪明可爱，的确如此，儿子像友国，身材高大，脸盘方正，为人处世不比当年的友国差；女儿像月娥，身材结实，面容妩媚，活泼可爱。一年一年，看着一对儿女渐渐长大，生活虽然清苦，友国夫妇亦是格外高兴，就凭有这对儿女，他们就觉得，再苦再累也值。

遗憾的是，农村的娃，不是读书的料。当然，也不算遗憾，友国夫妇对儿女的文化，跟建斌夫妇一样，原本就没有过高的期望值。儿子女儿初中毕业，和千千万万农家子弟一样，就跟着大人们去了沿海城市打工，小小年纪就为家里赚钱了。过几年，女儿云芳跟外省一打工仔相识相爱，嫁了过去，小家庭其乐融融。

说起来，儿子云露的婚姻就有点儿坎坷。妹妹出嫁了，他却还没谈上对象。原因还是落在一个"穷"字上。这些年，家里的条件大有改善，友国承蒙政策的照顾，办了二级残疾证，落实了低保待遇，衣食无忧。但比起其他人家，友国毕竟身患残疾，难以大展身手，自然比起那些富裕人家尚有较大的差距。这年头，女方相对象，家里得有两套房，老家一套，县城还得购买一套，目的是将来供小孩在县城读书。友国家哪能达到这个条件。这不一晃，儿子到了友国当年结婚的年龄。为这个事，友国、月娥都甚是焦急。

机会终于来了，有一次，云露在回家的火车上，认识了一位离过婚的女人，名字叫杏花，身边还带着一个两岁多的女孩，两人交谈起来，互相都有好感，便留了手机号码，希望以后联系，最好能建立恋爱关系。

回到家里，云露征求父母的意见。说实话，月娥心里有些不快："咱们家儿子虽然年纪大点儿，可毕竟没结过婚，为何就该找个二婚呢？"可友国说："云露年纪毕竟不小了，现在有个女人愿意跟他，也是他的福气，只要他们安心过日子，也不错。"于是，友国两口子便答应了儿子，要他抓紧与女方联系，能成亲尽快成亲，并附上一句，趁他们两老还健壮，帮小夫妻把孩子带大。

没承想，云露一个电话，杏花那边就将婚事答应下来，家人也表示同意。双方商议，趁春节期间厂里放假，就把婚事办了。

事情很顺利，择了良辰吉日，云露坐高铁到了杏花家里，把杏花、孩子和几位至亲的长辈接到老家。这边事先也通知了所有亲朋好友，办了一个隆重的婚礼。跛子友国，作为一个父亲，完成了一项历史的使命，他的心里美滋滋的。

杏花带过来的女孩，人长得漂亮，嘴巴也甜，每天爷爷奶奶叫个不停，常常逗得友国两口子哈哈大笑。儿子刚成婚就带给他们一个孙女，真是捡来的福气，老两口甭提多高兴。他们对这个女孩视同己出，对她百般呵护，感情胜过亲生。

一年后，杏花又生了一个男孩，一男一女，天作之合，友国夫妇看到儿孙成对，家道兴旺，眼前仿佛一片光明。他们在家带着孙女孙子，年轻的夫妻继续在外打工。两老虽感辛苦，可心里是甜的。这样的日子虽无波澜，却是平缓地向前伸展。

可谁能想到，杏花与云露虽然都在广东打工，可不在一个厂里，也不在一个城市，一个在东莞，一个在惠州，在他们分开的日子里，杏花被外省一个小包工头勾引过去，竟结对私奔，不知去了哪座遥远的城市。

开始，友国夫妇叫两个孩子打妈妈的电话，千呼万唤地叫喊："妈，您在哪里？您不要离开我们，我们想您。"希望以此唤起杏花的母爱，回到孩子的身边。杏花也跟着一起哭，还安慰两个孩子，说妈迟早会回来，叫他们听爷爷奶奶的话，好好读书。儿子云露也多次打她电话，杏花也曾表达过一丝的思念，可就是不愿告知身在哪座城市。到了后来，电话也不接，长达半年没有音讯。

友国啊，这位朴实善良的农民，这位历经磨难饱经风霜的跛子，面对家庭接踵而来的变故，他将如何做出抉择呢？

他爱他的妻子，甚至胜过爱自己。是的，妻子十八岁来到他的身边，跟他相依相伴了四十五年的光景，他们没拌过一次嘴，妻子是他的心头肉、手中宝啊，妻子无论做什么，他怎忍心去伤害她呢？

他也爱自己的儿子，爱自己的媳妇，这是长辈对晚辈的爱，他不能让自己的儿子打单身，是的，儿媳被人勾走了，但他有信心让她回心转意，就像当年自己作为一个跛子，他有信心让比自己年少十二岁的妻子留在身边一样。

于是，友国跛子做出了一个惊人的决定：成全！成全老伴的选择，成全儿子的团圆！

清晨，东方刚刚露出一丝鱼肚白的亮光，周围的世界尚处一片静寂，只有远方公路上偶尔传来的赶早市的脚步声，才预示着新的一天已经到来。

月娥起了个大早，一看不见友国的踪影，她的心里愣了一下，转而看到了留在桌面上的一张小纸条，上面歪歪扭扭地写着两行字："娥，我去为儿子找媳妇，你好好过日子。"

手捧纸条，月娥"啊"地一声放声大哭："我的友国啊……"

（原载 2024 年第 2 期《现当代文学》杂志）

后记：这是我疏离文学将近 20 年后，创作的第一篇小说作品，小说的主题不仅仅是表现农村的爱情及感情纠葛，更多的在于揭示中国农民面对不幸和无奈所表现出来的善良、淳朴和坚韧。小说在某种程度上来说，就是中国农村底层人们生活的真实写照。尽管在创作这篇作品之前，我也阅读过当下的一些文学作品，但小说的语言、叙事方式还留下传统的痕迹，小说的架构、情节安排，甚至文字的推敲，都还存在不足，恭请方家批评指教！

摊子客

摊子客，即摆摊做生意的小商人，属于一个中性词，但我的少年时期，村民常用它形容偷奸耍滑之徒。

我小时候身单力薄，干活效率不高，我妈交给我的劳动任务，往往在规定的时间内难以达到妈所期望的效果，她老人家就常唠叨："你个摊子客。"

时光踉跄到二十世纪八十年代，摊子客的含义似乎悄然地发生了些许变化。那时候咱们虽然开启了改革开放的大幕，整体上而言，老百姓还很穷，但一些有本钱、有能耐的人，开始冲破多少年来禁锢的阀门，摆摊做起了生意。于是乎，摊子客又成了能人的象征。

也许正因为如此吧，我们红果村的云芳妹子，就走进了这个队伍，干起了这个行当。

一

那一年，云芳妹子才二十一岁，桃圆形的脸蛋，泛着山里女孩特有的红润，泉水般的眼睛，晶莹透亮，薄薄的嘴唇，微微笑靥露出两个迷人的小酒窝。亭亭玉立的身材，貌美如花的长相，村里人都说，云芳妹子与电影《小花》里的陈冲姑娘有得一比。

云芳是个独生女，爹妈视若掌上明珠。好多城里人为她遗憾，怎么就生在偏僻的山沟里。早些年，红果村穷得叮当响，就是改革开放，这里富得也比外地慢。

村里的领导为让村民富起来，从外地请来一位裁缝师傅，说是办一个缝纫班，加工服装出售。云芳妹子也报名参加了缝纫班的学习。

哪知这裁缝师傅是个小气鬼，为了保全自己的饭碗，只教给徒弟们一般的手艺活，时新服装的裁剪法，一点儿也不传授。

云芳妹子鞍前马后地帮师傅洗衣、做饭、倒水，寄希望用自己的诚心和热情感动师傅。但这也只是换来师傅的笑脸，夸奖几句，奇门独技还是死守不放。

好在云芳妹子聪明伶俐，看着师傅裁剪，悉心地琢磨。夜里回到家，倒扣起房门，拿废报纸做布料，学着师傅的模样，边画边裁，反复地练习，这样下来，竟也学出了一门好手艺。

三个月后，师傅嫌这山里头学做服装的人员太少，赚不到钱，卷起铺盖另走他乡。而加工出来的一大批服装，没有卖出去一件。村干部急了，怕亏本，干脆将加工出来的服装作价分摊给了徒弟们，让大家各自推销。

离红果村二十里外的蓬源镇，乃三县交界之地，镇子不大，边境贸易开放之后，来此赶圩的人却是络绎不绝。镇上的摊位多了，摊子客的形象也逐渐地在人们的心目中有所改观。云芳妹子就抱着试试看的心态，第一次走向街头，推销村里分摊的服装。

开始，她心里有些慌张，装服装的袋子只敢露出一角，也不敢大声叫卖。熟人来了，更是不好意思地低下了头。但熟人已经看到了她，总是惊讶地说道："啊呀，云芳妹子也摆摊做生意了，你们家有本事，不错不错。"

云芳妹子"嘿嘿"地一笑，就话回话说："帮帮场呗。"

明白人自当不会在云芳妹子面前丢面子，好歹买上一件，不买的也会用一句客气话推脱。没想到的是，这第一次摆摊，村里分摊的二十多件衣服，不费多大的工夫，就全部卖了出去，掐指一算，除开成本，还获得三十多元的纯利。

"哎呀，摆摊子这样赚钱。"云芳妹子就像哥伦布发现了新大陆，异常惊讶和兴奋，跃跃欲试的心情油然而生。她暗暗盘算：干脆，摆摊子做生意。

可是，转而一想，又有些不好意思，一个女孩子家，单枪匹马去城里闯荡，市场上叫卖，不怕别人说闲话吗？哎，有了，让爹去试试，不行，爹人老了，反应慢，账目都算不清；再说，时代在变革，服装在不断更新，爹哪能跟得上时代的潮流，俏货调不进，调进了也卖不出啊。可这致富发财的门路又的的确确摆在眼前，真的就不能进去吗？穷山沟的人，谁不想富起来呢？管他呢，身正不怕影子斜。

云芳妹子终于下定决心，当起了一名摊子客。

二

一个风和日丽的早晨，云芳妹子带着爹妈给的二百元积蓄，搭上了乡政府通往市里的班车，去衡阳市的一家棉纺厂调货。

乡里妹子进城来，走进批发部的大门口，她吓得想哭，不敢进去，好像批发部不是批发部，是虎狼窝，是屠宰场。她像一只吓坏了的小羊羔，腿发软，全身哆嗦。一咬牙，自己给自己壮胆，还是朝大门走去。可是，人家拦住了她："去去去，黄毛丫头，拾破烂的，想进去偷点儿什么东西？"

云芳妹子真想痛斥一场看门人，可是，她不敢，也怕惹来麻烦。只好去商店买了一双皮鞋和一身时髦的服装穿上。去发廊做了个头，这一下，黑油油的卷曲长发，这样一道弯，那么一个髻，扑散在她天生粉白、细嫩的脸蛋上。走路的姿态也一改前次胆小的样子，皮鞋踏在批发部的水泥地面，嘀嗒嘀嗒响，脚步带走一溜风，恰似音乐的伴奏。

看门人不知道这个样的阔小姐，葫芦里卖的什么药，都有个派头，都惹不起。云芳妹子看见这些了不起的人物，才向他们学习。

货调回来了，人们一看，几天前的农村妹子，一下子变成了"洋闺女"，大家纷纷涌过来，像看西洋景。云芳妹子也不躲让，反而趁势宣传自己调回来的服装，现场就被买走好几件。

那些日子，云芳推着货摊，奔走于红果村周边的几个集市，大热天，白皙的皮肤晒黑了；腊月天，手冻得生了疮，肿得很大。爹妈心疼她，让她不要这样卖力。可是，每次集市归来，云芳妹子算一下利润，心里就说不出地高兴。

不过，让云芳妹子感到苦恼的是，每天要跟太多的生面孔打交道，讨价还价，怪不是滋味呢。价卖高了，货卖不出去；即便卖出去了，心里不好受呢，像十八个吊桶打水——七上八下，农民的血汗钱来之不易啊。只要有机会，她就要想办法弥补过失，比如说，卖布匹的时候，尺寸量松一点儿，价钱放低一点儿。可是，价钱太低了，也划不来，本金车费一核算，要亏本呢，为这事，她总是在纠结中，自己跟自己打架。

云芳人长得漂亮，她还买了个录音机，别的商家大声地吆喝叫卖，她却放上"我们的家乡在希望的田野上，炊烟在新建的住房上飘荡"这样的流行歌曲，来到她的摊位前的顾客也就更多。这样一来，那些调皮的后生，那些城镇的"水老倌"，总是想方设法寻她开心，惹她麻烦，明摆着做的公平生意，却要找她的碴子。

那一次，云芳妹子从鸭塘铺圩场赶完集回家，半路上忽然觉得小肚子有些胀，便朝树丛后面走去……

看见裤子上的污迹，她的心里忽地一酸，痛苦和羞耻的双重打击，让这颗少女的心碎了。走出树丛，她觉得头晕得要命，身子骨像散了架似的。火红火红的太阳，正当顶晒着，地面像要燃烧起来。芳妹子支持不住了，货担掉到了地上，身子软软的，飘飘在梦中、在天上。周围静得出奇，什么也听不见，似乎陷入了一片死寂之中。

是谁在笑，爹？妈？上身痒痒的，像爬上了一条虫子，慢悠悠地蠕动。

她吓得睁开眼睛，一只又瘦又脏的手在她的胸前乱摸着。这不是街头饭铺里的那个混小子吗？那被汗水冲得变了样的脸，浑身的灰尘。

"嘿嘿，我用摩托车送你回去……"

芳妹子觉得有一股血往上涌，头皮发麻，她伸出手迅速地从货担摸出那把扯布的剪刀，高高地举起，闪着一丝寒光。

那家伙吓得连连后退，跳上摩托急急逃跑了。

周围又落于沉寂，芳妹子想骂，用最难听的话语，可什么也骂不出来；她想放声大哭，可是流不出一滴泪水。只好强打起精神，一步一步向家里挪去……

就是这样，云芳妹子攀行着，闯出了胆量，平添了勇气，也积累了经营生意、战胜邪恶的智慧。可是，一切不顺心的事，一切不可预料的境况，没有遇到该是多好啊。

三

历史的车轮啊，滚滚向前；改革开放的洪流啊，奔腾不息。哪怕是偏远的山村，那市场上的风景，最能反映出人们消费观念的变化。

已经摆摊做了三年生意的云芳妹子，渐渐地感觉到，仅在本地区调货进货，已经不能满足人们对于美的向往和追求。她听生

意伙伴们说，只有到沿海城市去调货，才能调到好货俏货，而且
价格比内地便宜。

于是，就像第一次从农村步入城市，带着一千元现金和一颗
惴惴不安的心，云芳妹子第一次登上了南下广东的绿皮火车。那
时候没有高铁，没有银行卡，头天晚上，她让妈妈在自己的内裤
里缝了一个小袋子，一千元现金就藏在这个小袋子里。一千
元，这是一笔多么大的数目。在拥挤的火车上，她不能有丝毫的
懈怠，神经时刻绷得紧紧的。

火车整整颠簸了十个小时，终于在当天下午的五点多来到了
中国南方这座最繁华的城市。

这是一个多么庞大的城市啊，高耸入云的建筑，川流不息的
车流，沸腾喧闹的人群，琳琅满目的商品，一切都是那样新
奇，一切都是那样陌生。云芳妹子眼花缭乱，惊叹不已。走了十
几条小巷，问了二十多个陌生人，夜幕开始降临了，布匹服装批
发市场在哪里呢？云芳妹子有些焦急了。

迎面围着一堆人，有个人拿着话筒在大声地叫嚷："批发零售
时装夹克，价格低廉，存货有限，购者从速！"

就像沙漠上飞行的鸟儿突然发现了一片绿洲，云芳妹子顿时
兴奋起来，她立刻走了上去，打听服装批发的价格。销售服装的
是一个中年男人，说着一口蹩脚的普通话。他看到云芳妹子走向
前来，立刻拿起一件灰色夹克，客客气气地说道："听口音你是外
地过来的吧，三十元一件，一口价，批发回去卖个五十元、六十
元，包赚不亏。"

这时候又有几个人围了上来，其中一个三十多岁的妇女，迫

不及待地从老板手里抢过夹克，说："给我批发二十件，我是湖南人，我们家乡可以卖到六十元、七十元一件。"并立即从口袋里掏出六百元递给中年男人。

那男人收了钱，将包装好的服装递到女人的手里，女人看也不看，就把这一包服装拿走了。

就像看一场煽情大戏，云芳妹子一下子蒙了，满脑子就是发财的机会向她汹涌而来，她来不及过多考虑，就从内裤口袋里抽出了好几张大票，然后兴致勃勃地拿走了二十件夹克。

然后，她继续在街上溜达，不经意间来到了一个服装商场，一瞥之间，发现了同款式的夹克，那上面的标价是十五元。云芳妹子恍然大悟，自己被带"笼子"了。此时，她像疯了一样，立即调头向那地摊的方向跑去。

此时，中年男人带着满满的欣喜收拾着摊位，正准备"打一枪换一个地方"去寻取新的猎物。

云芳妹子冲了上去，猛然抓住那中年男人的手臂，不顾一切地发出撕心裂肺的呐喊："骗子，你退我钱。"

中年男人被这突如其来的叫喊吓了一跳，但他很快镇静下来，冲着云芳妹子吼道："我怕你是发颠了，一手交钱，一手交货，哪有退钱之理。"说完，飞起一脚，将云芳妹子踢翻在地。

云芳妹子不顾一切地从地上爬起来，使尽力气，紧紧拖住男人的大腿不放。

中年男人气急败坏，挥舞拳头对着云芳妹子凶狠地说道："乡巴佬，你是来找死吧。"说话间，拳头就要向云芳妹子的头部劈去。

"住手！"像一声炸雷，震天回响。只见一位身材高大、年纪三十多岁的青年人飞步而来，用一只手像铁钳一般夹住了飞向云芳妹子头部拳头的手臂。

中年男人的另一只手迅速从口袋里抽出一把匕首，气势汹汹地对青年人说："有种的，别管这号闲事。"

说时迟，那时快，青年人挥起右手，一个"铁拳"砸向男人拿着匕首的手臂，匕首顿时掉落到地上。还未等他反应过来，脸部和胸部又被猛击两拳。紧接着，将他按倒在地，骂道："混蛋，使奸耍滑欺负一个乡下妹子，算什么本事。把钱退给妹子，留你一条全腿回去养老。"说完，中年男人脸上又落下两个耳光。

这时候，之前演戏买夹克的女人冲了上来，连连央求道："你别打了，我们退钱。"随后丢下六百元，去拉那中年男人。

中年男人甩开青年人的手，擦了擦脸上的血迹，瞪了一眼云芳妹子，又看了看青年人，自知不是对手，"哼"了一声，落荒而逃。

站在一旁吓呆了的云芳妹子，这时才清醒过来。她跪倒在青年人的膝下："谢谢恩人的搭救！"

青年人连忙伸手将云芳妹子从地上扶起，说："路见不平，拔刀相助，这是做人的本分，有什么可谢的。"随后又亲切地问道，"姑娘为何上这种当，你从哪里来，到哪里去？"

云芳妹子便将自己第一次来广州调货，找不到批发部，因此受骗的情况一一讲给了青年人听。

听了云芳妹子的讲述，青年人很是焦急，这个时候了，批发部早就关门了，哪里去找，倒不如先安排她在旅馆住下，明天请半天假，带她到批发市场。他把自己的想法告诉了云芳妹子，并自我介绍说："我叫张志华，在附近一家饮料厂上班。"

张志华把云芳妹子带到旅馆，帮她买好住宿的房间，一切安排妥当才走。

第二天一大早，张志华来到旅馆，用自行车带着云芳妹子，赶到十公里外的服装布匹批发市场，陪着她调齐需要的服装布匹。随后，又将她送到火车站，买好车票，安顿好行李。

热心人的倾力相助，云芳妹子发自内心地表示感激。对张志华的为人，云芳妹子更是打心眼里敬佩。乡下姑娘感情封闭，不善表达，临别的时候，张志华主动告知了自己的单位和家庭住址，云芳妹子留下了一个感激的微笑。火车离开站台，两人频频挥手告别。

回到家里，当家人和朋友让她讲讲大城市的见闻时，她隐瞒了购货被骗和张志华这个人，可是，张志华的形象却已经在她的脑海中挥之不去，常常走进她的梦中、她的相思里。有时呆呆的，像是变了一个人，明白过来自己在思念着张志华时，竟暗自发出"扑哧"的笑声。

第二次调货，云芳妹子瞒住爹妈，带了两只大母鸡，又来到了广州这座城市。这一次，再不像上次那样害怕了。她的心，早已飞到了张志华的身旁。一下火车，她就径直找到了张志华的家。

当云芳妹子跨进张志华家的门槛时，眼前的景象让她惊呆了：屋里乱七八糟，凳子打翻在地，地面倒满脏水，水盆里堆满换洗的衣服，床上蹲着一个两岁多的小孩，身上、脸上、手上，都是污迹。张志华正在给小孩穿衣服，锅里的菜烧焦了，冒着烟气……

"啊，你来了，实在对不起。"张志华看了一眼屋子，显得非常尴尬。

"不要紧，"云芳妹子有些疑惑，看了看孩子，"你家……女主人呢？孩子他……妈妈呢？"

"妈妈不要我们了，跟爸爸离婚了。"小孩马上接过话回答说。

"啊？"云芳妹子有些震惊，但心里却不由自主地涌起一股欣喜的感觉。

她放下行李，帮助张志华把房间打扫干净，收拾好乱七八糟的东西，又把水盆里的衣服洗好晾晒。

虽然只是两次接触，云芳妹子发现张志华有一颗善良的心，感觉他是一个值得爱慕的人。出于对云芳妹子的信任，张志华也把自己的生活经历告诉了云芳妹子。

五年前，他不顾家庭的反对，与那个年代一个家庭成分不太好的女孩结了婚。婚后前两年，尽管他们受到一些人的歧视，生活艰苦，但家庭是幸福的，生了一个男孩。然而，自从女方的父亲得到平反并补发了一大笔钱之后，她就渐渐地瞧不起他和这个家了。去年，终于抛弃孩子抛弃这个家，迁居香港。

听了张志华的讲述，云芳妹子更加深了对他的爱慕，同时，一种深深的责任感也涌上心头。

珠江边、榕树下，他们一起漫步、一起畅游，谈理想、谈事业，也谈家庭和婚姻，两个人的心近了、紧了。在离开这座城市的前一天晚上，云芳妹子终于向张志华表白了自己的爱情。

"不，这样，会连累你的。"张志华说。

"你嫌弃我是一个乡下姑娘吗？孩子多么需要一个妈妈。"

"不，哦，是，是。"他把手轻轻地搭在了云芳妹子的肩头，慢慢地低下了头。

突然，在他们滚热的嘴唇即将触及的那一瞬间，就像一股强烈的电流涌入全身，云芳妹子猛地将张志华推开，说道："别，别，还没结婚，我怕……会怀孕的。"

"这就会？你呀，实实在在的乡里妹子。"

四

又是一个酷暑难耐的中午时分，太阳高挂在天空，直射着大地，将路面烤得滚烫。风在吹拂，却传递着热的气息，一点儿也不能驱走暑热。云芳妹子赶集归来，穿行在山间小路上，吃力地推着自行车，汗流浃背，神情沮丧。

今天，她一大早出了门，赶到八公里外的八塘冲圩场。这一两年来，赶圩的人是越来越少了，上街下街，看不到几个人。买衣服扯布料的人更是少得可怜，整整一个上午，仅仅扯出五尺布料，卖出一件成衣，原价卖了出去，没赚一分钱，还倒贴一块钱摊位费和五毛钱市场管理费。

也难怪啊，这些年，乡里的年轻人一股风似的涌到了沿海城市打工，留在家里的多是老年人，他们穿的服装，都由儿女们从城里购买带回来或者通过邮局寄回来，哪还有几个人赶集，有几个人上街买衣服呢？

更难堪的现实是，农村包产到户以后，大量劳动力剩余，想赚钱的人一门子往商业领域走，供过于求，僧少粥多，这钱从哪里赚来呢？致富路就只有这一条了吗？农村就只有这样单纯的商业服务了吗？

云芳妹子没法子想那些复杂的经济社会问题，也想不出个道道来。口渴得厉害，她顺手从路边摘了一颗猕猴桃，用布条擦了擦，一骨碌塞进嘴里，啊呀，满口汁水，酸溜溜甜丝丝。

云芳妹子贪婪地吃着猕猴桃，她放眼望去，哇，大自然的脚步已经走到了秋天，这些天只是秋老虎在发作，你看，万物迈入了成熟的季节，大地开始呈现出金灿灿的色彩。红果村山连着山，漫山遍野的野果子，夭夭灼灼，分外妖娆。

山葡萄红中泛绿，猕猴桃黄绿相间，山枣红艳艳，杏子黄津津，一串串，一簇簇，就像满山挂满彩色的灯笼，五彩缤纷，溢出迷人的馨香。

顿时，云芳妹子心旷神怡，豁然开朗。她想起来了，张志华曾经对自己说过，他们厂是一家生产各种饮料的厂子，由于原材料短缺，濒临倒闭。而红果村漫山遍野的野果子，成堆成堆地烂在山里，变成泥巴，没有发挥出任何的经济效益，为何不让他来红果村创办一家饮料厂呢？现在国家不是鼓励国有集体企事业职工停薪留职自主经营吗？

当晚，云芳妹子兴致勃勃地挥笔给张志华写了一封激情洋溢的信件，信中畅谈了自己的规划和打算，第二天就邮寄给了张志华。

很快，张志华收到了云芳妹子的信件，这正合他的心意，他早就不想吊死在那个要生不生要死不死的企业了。他立即办理了停薪留职手续，带着两岁多的儿子，奔赴北上的列车，投入了红果村的怀抱。

不多久，一家私营饮料厂在红果村这个偏僻的山村崛起，开业那天，红红火火，热热闹闹，四乡八邻，都赶来燃放鞭炮以示祝贺。

张志华负责厂里的技术指导并担任厂长，云芳挑起了副厂长兼任推销员的大梁。红果村三十多名农村剩余劳动力找到了出路，千百年来烂在山里的野果子换成了"票子"，贴有"红果村饮料厂"标签的葡萄酒、栗子罐头、猕猴桃罐头，从一条新修的山村公路运了出去，运到了县里、省会、沿海城市……

有人说："这下云芳妹子当了大老板，再也不会摆摊子了。"

可云芳妹子信心满满地说道："我还要当摊子客，我要把摊子摆到广交会上去，我还要到国际商品交易会上摆摊呢！"

（原载 2024 年第 4 期《潇湘文化》杂志）

卖　房

吃"大锅饭"那年头，遵照上头"巩固集体三级所有制"的指示精神，我们村小组建了一栋房屋。几年来，房子长久失修，风吹雨淋，冷冷清清，好多地方开始破旧。对此，村民一致要求把房子作价卖给私人，房款作为村小组固定积累基金，这样一则解决了每年都向农民摊派筹款的问题，二则便于房屋的管理使用。这事政策允许，请示上级领导，他们又表示同意，我当然没有意见。

现在，要考虑的是如何卖。我初步拟了这样一个方案，一共九间，每间作价二百元，厅堂作两间计算，那么总价就是两千元。这当然是基本价格，大家还可以发标。至于买房款项，可分两年付清。可是，当我把自己拟定的方案在全组村民大会上一宣布，竟惹起一场小小的风波。

公说公有理，婆说婆有理

茅屋那头廖力大老人首先发了言："想当初，一九六〇年，我刚好四十八岁，当年我足下三男二女，恰是劲把子劳力……"

"老倌子就爱多讲，扯那么长做啥子，一夜有多久?"老年人说话总爱拉长，慢吞吞，斯斯文文的，这哪里合得青年人的口味? 这不，一个后生伢子不满地插了一句。

"你懂什么? 不讲你们后生伢子晓得吗? 那时你们还在地下摸蛤蟆鸡屎呷。"老人训斥了后生仔几句，又唠叨起来了，"这仓房正建于那一年，大家都晓得，那年头呷钵子饭，每餐就二两米。为建这房屋，我把屋里的大孩当小孩哄，带着他们饿着肚皮，勒紧裤带，不知流过多少汗，洒过多少血。说实话，为建这房屋，我一家出的力、吃的亏，比在座的哪家都要多。现在，这房屋要卖，是不是照村小组长说的基本价⋯⋯"

说话听音，打锣听声。老汉的话虽然没说完，但听他那说话的口气，村民们就猜透了他的心思——首先照顾他这位"有功之臣"。这哪里行得通? 不难看出，在我宣布方案的那一刻，村民就掐指一算，知道两千块钱买下，私人是要赚的; 就是把房子拆掉，材料砖瓦卖出去也能够卖上二千二三百块。顿时，会场里发出了轻声的议论，那气氛显然是不同意。

还是"炮筒子"刘多股有胆量，他哗啦一声站起来，大声说:"哎，我说老倌，翻那些陈谷子烂芝麻有何子用? 那个时期谁家没受过饿，哪个没费力吃亏?"刘多股说的这两句话倒是掷地有声，令人佩服。谁知他又补了两句:"依我看，这房屋遵现在的股份卖，谁家的股份多，就优先卖给谁。"没想到，他刘多股也是乞丐烤火——朝怀里扒。谁不晓得，他刘多股一房大大小小十五口，在全组占了总人数的六分之一，要算这房屋的股份，毫无疑问，他刘多股最多。村民理所当然也不同意这种卖法。

刚才刘多股站出来揭了廖力大的锅，眼下廖力大又站出来揭起刘多股的盖来了。于是，双方争吵起来，公说公有理，婆说婆有理。村民有时也插上一两句凑热闹。我呢，站在中间也不好收场，房屋出卖是件大事情，总有几句讲嘛，何况是集体的房屋，全组有百多张嘴呢。

还是"化学脑壳"张熟虑有心眼

正当廖大力、刘多股各持己见，争执不休的时候，被村民称作"化学脑壳"的张熟虑大声说了一句："哦，谁家发个标不就没事了？"

"嗯，发标，你就不能带个头吗？"不知是谁随便答了一句。

"好，我带头，我发标，由原价两千块标到两千二百块，我买了。"

他这一说，廖、刘双方倒立刻停止了争吵，会场也肃静下来了。要张熟虑发标的村民站出来说："我是跟你开玩笑，你当真吗？"

"说话还能反反复复的？"张熟虑正经地说。

刚才还坐山观虎斗的张熟虑，怎么突然提出发标买房，人们还以为他是头脑发热，一时做出的决定。其实，这张熟虑不愧有"化学脑壳"的美称，挺有心眼。他早就想过，全组十九户人家，有两个困难户，就是全组村民都有海的度量，以基本价格让他们买，他们也掏不出这把票子；有几户村民已经新建了现代化的"洋房"，谁还稀罕这旧房子；有四五户村民虽然说住房旧了点儿，有意买房，但他们是不会来发标的，如果发标，那倒不如再起一栋新房。但是，要以种种借口按基本价格买，毫无疑问，在全组村民中通不过。考虑再三，倒不如自己立个门面，发它两百块标（两百块对于他这个富裕户是不大要紧的），买下这旧房，虽然不靠它住，但拆掉卖材料砖瓦也是不会亏本的，起码要再赚它两百块，再说，还占了个地基呀。起初，他一直坐山观虎斗，是有意布下迷魂阵，时机适宜站出来，村民不得不站在他一边，这样即可稳达自己的目的。

张熟虑这一招还真灵应，村民一听说他发标买房，个个表示赞成。当然，这也不单纯是张熟虑的"迷魂阵"起作用，还有大家也考虑了利弊关系。房子是全组村民的，卖价高一点儿，大家都能多得一分利。

见此情景，我也只好默许。

养一个崽建了一栋"洋房"的
杨业成冲出来发了标

已是深夜十二点了，村民的上下眼皮打起架来了，整个会场开始显出疲惫不堪的形态。我见大家没有什么意见发表了，就叫会计动笔写契。会计刚要提笔，可谁能想到，坐在角落里一言未发的全村第一大富裕户，也就是全县著名的新闻人物"冒富大叔"杨业成，突然站了出来，他挥了挥手，有力地说道："这房子我买，标价三千块！"

"啊？"村民们一下子惊呆了，一双双眼睛鼓得像鸡蛋。

但这只是一瞬间惊异，片刻，会场里就恢复了原来的静寂，大家心里有底，老杨家钱是有几个，可他一家就老婆孩子三个人，已经建了一栋漂亮的钢筋水泥"洋房"，还买这旧房干什么呢？钱放在柜子里怕棉虫蛀？再说，他开口就是"三千"，这房能抵这个价吗？就是把每块砖都卖掉，最多也不过二千五六百元。垫钱买旧房，还倒找一坨。所以，谁也不相信杨业成买房是真的。一位年轻人不耐烦地顶了他一句："你是'夜明眼'是呗？到了什么时候，还开玩笑。"杨业成跨到屋中间，一丝不苟地说："不，我真的买。"他当众宣布："我家有个三千元的活期存折，我明天就把款取回来，买房款项一次付清。"

看到杨业成认认真真的神态，平日和他要好的村民好心地骂他："我说老伙计，你是不是发了癫，你养了几个崽？已经有了一栋那么标准的'洋房'，还花三千块钱买这旧屋，不得钱变屎啦。"还有几个好心人劝导他："你就算要买，也出不得这个价呀，我们哪能要冤枉钱，全组一百多个人也不会卡住你一户啊。"

"谢谢你们的好意，我一言既出，驷马难追。"他说得那么斩钉截铁。

有几个调皮青年跟他打趣："哦，我说杨富翁，跟你老婆商量过了吗？做这等蠢事，不怕你老婆晚上不肯跟你困一头吗？"

作为村小组长，我也走近问他："老杨，你说话当真？"

"当真！"

"现在写契？"

"马上就写！"他回答得那么干脆、那么响亮。

看样子他要买房的决心算是下定了。我叫了声："写契！"会计立刻动了笔。

这时，村民们七嘴八舌地议论开了，有羡慕的、有惊叹的，也有嫉妒的、讥讽的。杨业成没有顾及这些，一心一意看着会计把契约写好，最后欣然地签了名，盖了章。

结　果

已经是深夜十二点三十分，大局已定，我宣布散会，村民们纷纷起身离座。

"大家请留步！"杨业成突然喊住大家，村民们不知道他葫芦里卖的什么药，真的止步静待下文。杨业成招呼大家坐下，自己站到屋中间，问大家："我们组有没有缺房户？"

大家都被他弄哑了，谁也没回话。

杨业成见大家不答话，自己说开了："有！我就能指出两个，一个是困难户刘本安，他一家六七口人，上有老，下有少，大儿子已经到了结婚年龄，但至今还挤住在土改时分的三间旧屋里。近年虽然政策好了，但由于底子薄，生活改善了，要建造一栋新房却还很不容易；另一个是吴成德，他家也是个困难户，但老吴有一手养鸡经验。可是，他家八口只有五间房屋，哪来的鸡屋？党的好政策使我走上了富裕之路，难道我就没有责任扶他们一把吗？"老杨说着说着，竟动了感情。

还是"炮筒子"刘多股稳不住阵脚站出来答了话："哦，你讲了这么多，是不是要把房子出租？既然你考虑了那么多，为什么自己标这么高的价把房子买了？"

"这就是我要留住大家说明的。"杨业成说，"我买下的这九间

102

房屋，免费借六间给刘本安，免费借两间给吴成德，另外，还留一间作为今后组里可能要用或哪户人家急需时用。"

会场静得出奇，与会者都按照各自的价值观念在思考着什么。

这时，人群里传出了哭声，呵，那是刘本安和吴成德激动的哭声。

（原载湖南文艺出版社 1985 年第 4 期《新天地》杂志）

一幅当代农村的风情画

——《卖房》小析

宫　明

　　这是一幅当代农村生活的风情画，一读着它就有一股浓郁的生活气息扑面而来，透过那朴素、生动的笔触，你可看到当代农民的那种高尚的品质和美好的心灵。

　　故事是十分简单的，却写得曲折有致：在吃"大锅饭"的年代里盖起了一栋公房，在农村实行责任制后要作价卖给私人，于是，围绕着房价问题，在会上引起了一场小小的风波。一些私心颇重的人在暗使心计，钩心斗角，想以有利可图的价格将房弄到手。而最后，"全村的第一大富户"杨业成以人们不敢想象的高价，压倒了一切竞争对手，把房子买到手，并在人们困惑不解的时候，将它无偿地让给困难户使用。笔墨无多，便把几个不同人物的精神风貌表现出来，特别是将具有美好心灵的农村专业户的形象刻画得须眉毕现，这不能不归功于作者构思巧妙，善于在杯水中掀起波澜的本领。

　　杨业成这个人物形象是有较强的现实意义的。我们党在农村施行的新的经济政策，目的就是要使全体农民走共同富裕的道路，这就需要那些有能力首先富起来的人在物质文明搞上去之后，精神文明也要上升到一个更高的层次。而杨业成的形象恰恰是体现了这种时代要求的，因而，这个形象也就有了较强的时代色彩。

　　本文的作者是个青年民办教师，这是他的处女作，在作品中他显露了自己的写作才华。当然，由于经验的不足，艺术功力的欠缺，作品也存在着某些不足，如人物形象尚显单薄，对杨业成的行为动机的揭示过于直露，以及不善于择取适当的细节来表现人物等，因而造成了作品的艺术感染力尚不足。但值得欣慰的是他毕竟迈开了第一步，只要沿着正确的创作道路走下去，是可以跨入文学殿堂的。我们将拭目以待。

　　后记： 这是我发表的第一篇短篇小说，创作于 1984 年间，开始定名《卖房风波》，首投当时衡阳市唯一的纯文学刊物《南岳》季刊，该刊初审决定刊用，终审时因对公房出卖政策把握不准，故被撤下。但编辑回信对作品给予了肯定，并建议投寄他刊。此文参加衡东县文化馆"建国 35 周年"征文获一等奖，奖品为 15 元新华书店购书券。我持券购书时，看到湖南文艺出版社编辑出版的《新天地》杂志，随即将稿件投寄该刊。1985 年 4 月，在《新天地》第 4 期杂志上发表，并配发了文学评论家官明先生的点评文章《一幅当代农村的风情画》。小说发表后，我收到 75 元稿费，放到现在，75 元不值一提，但在当时，相当于一个普通干部两个月的工资。

鬼妹子

一

鬼妹子大名张芸芸，芳龄二十四岁，中等身材，红脸蛋，高鼻梁，浓黑的眉毛下，一双眼睛又圆又亮。乌黑的头发，直溜溜齐整整。一张灵巧的小嘴，说起话来嘻嘻哈哈，爽爽朗朗，甜甜蜜蜜。人聪明伶俐，鬼点子多得很。鬼，鬼得那么可爱，那么动人，村里村外，无人对她不爱、不夸。

芸芸妹子这好那好，就是有一点常惹她妈生气。女儿那样大年纪，芸妈就是打着灯笼也找不着女婿的影子。为这事，芸妈操心、烦心，流露出不少的怨气。

这不，刚吃罢午饭，芸妈又开始用她那固定的"工作"方法唠唠叨叨对女儿进行思想教育："芸芸，十里九乡的，像你这号大妹子，哪个已经不是孩子的妈。你二十四五岁的大闺女，前天张伯给你做媒，昨天李叔给你提亲，你拒之门外一概不答应，到如今连婆家也找不着，好意思？我说……"

"妈，又是这些陈谷子烂芝麻。我早说了这辈子不嫁人，让妈养老女，养——老——女——"芸芸故意对着娘的耳朵，拉着长长的音调，扮了个鬼脸。"嘻嘻嘻——"，碗一丢，留下一阵子傻笑，跑了。

咳，气死老娘。

二

当"老女"，芸芸可不干！不记得哪位大诗人写过，"获得自由和爱情，这才是美妙之人生"。芸芸没有考虑过诗人写的是不是真理，但她奉为信条。

其实啊，据传说，芸芸十七八岁的时候就"走了野"。

那年，芸芸和邻村的张书志一同考上高中。这张书志，聪明能干，学习成绩在班上名列前茅，那长相，也是穆桂英出征——挂了帅。因此，他深受同学们的羡慕与爱戴。

芸芸呢，更是别有一番情意。星期六放了学，书志和芸芸同路回家。放学迟，学校离家里又有三十多里山路，他们俩没少搭伴走，书志没少照顾芸芸。时间一长，少男少女的心思自然就复杂起来，一种朦朦胧胧的东西在心头滋生。好在中学禁止恋爱，才使他们未能开始正式书写他们的罗曼史。但书志与芸芸的经常接近、摸黑行路，都为同学们添了一些闲谈的话题，多多少少在同学之间引起一些风言风语。不过，这些"风"还没有吹到家乡去。

后来，书志和芸芸回家务了农。本来，书志的成绩离录取分数线只差两三分，但由于家里穷，供不起他继续复习，从而辍了学；芸芸呢，分数也差不离儿，家里头送她去复习，她却高低不愿意，爱情的力量是无穷的嘛。芸妈不晓得其中的奥妙，没完没了地数落女儿。

芸芸倒好，调皮地一笑："反正是嫁出去的女泼出去的水。掏钱为外人家育秀才，娘真愚蠢啊。我自愿务农，省下钱来让弟弟读书，风——格——高，高——风——格。嘻嘻。"芸妈又好气，又好笑。

按理说，回了农村，书志与芸芸可以公开恋爱了吧，不行，农村里头怪"邪"，一公开，爱还没热乎起来，有人就会传说他们干了"那个"。干脆，他们书信往来，"地下"活动。这不，芸芸碗一丢，一溜烟又跑到书志那儿去了。

书志和芸芸家都在林区。前年书志家承包了村里一百五十亩果树林，林子就在芸芸家屋背后的山坡上，与芸芸家相距不过两里路。眼下正是挂果季节，既要培管，又要守护。书志爹在林子旁架起了一间草屋。书志生性就喜欢独立，他把床铺书籍全部搬到了草屋，日日夜夜和果树林打交道。盛夏的中午，太阳升到头顶，路面上焦干、滚烫，脚踏下去，一步一圈白烟；空气又闷又热，像划根火柴就能燃烧似的。

张芸芸冒着烈日，一身汗淋淋找书志。走进屋摘下草帽，一看，书志正睡得喷喷香。"好，得捉弄捉弄他。"芸芸想着便轻轻地扯了两根茅草，蹑手蹑脚走到书志的床边，往他鼻子里捅了两下。"阿嚏，阿嚏！""嘻嘻嘻——"芸芸忍不住笑了起来。

"芸芸，你来了。"书志睡梦里听到芸芸的笑声，睁眼一看，高兴得一骨碌滚下床。"懒家伙，白天睡大觉，也不怕人笑话？"

"午休嘛，嘿嘿嘿。""嘿嘿，嘿嘿。"芸芸学着书志说话的语气，转而问道，"彩礼凑得怎么样了？"

"彩礼？快了，快了，不会让你久等的。"

"我等得，我妈可等不得了。"

"我们的事，告诉你妈了？"

"傻瓜，我要一鸣惊人。"

"嘻嘻，你，你真鬼。"有这样好的女人爱自己，书志也只有傻笑的份。

三

芸芸的秘密就像纸包不住火，再也瞒不过芸妈了。看芸妈，这天好神气，走路昂首挺胸，说话有声有色，嘴角时刻挂着串串的微笑，那异常的高兴劲，不亚于哥伦布发现了新大陆。她做好充分的准备，今天非要揭开女儿的"鬼"不可。

还未到收工的时候，芸妈就让小孙子喊芸芸回来。芸芸一进屋，妈就竹筒倒豆子，直达直地说道："你这鬼妹子，一直把妈蒙在鼓里，原来你有了。"

"有了什么呀？"芸芸好生奇怪。

"有了，张——书——志。"一片红云立刻爬上芸芸的脸蛋。她一边推着妈往屋里走，一边故作镇定："妈瞎猜。"

"好，妈瞎猜，到时候我可不答应了。"

芸芸摸不着头脑，妈妈怎么知道的呢？她好奇地问道：

"妈，哪个告诉你的？"

"还要人告诉，我还能不晓得，你妈是谁啊？是鬼妹子的妈。"

"你怎么晓得的？你是神仙呀。"

"我不讲。"芸妈稳坐钓鱼台，一副死活不肯讲的样子。

"你讲嘛，讲嘛，不然，我就不喊你娘了。"芸芸撒起娇来了。

"好，我讲出来你可不要不好意思哟。"

"哼！"芸芸嘴巴一翘，"我是人见人爱的鬼妹子，可不是那号没见过一点儿世面的土包虫。

芸妈"嗯"了一声，摆出一个阵势，神神秘秘地说道："刚才啊，我在后山捡柴，听到你侄儿在张家果园承包地里哭，我跑过去，张书志无影无踪，我问你侄儿到底怎么回事啊，他说，书志叔叔咬我姑姑的嘴巴，这不好疼吗？……"

"妈真坏。"芸芸捏着拳头轻捶芸妈的背。

"哎哟，我说了，你会不好意思吧。好了好了，不逗你了，讲真格的，书志这后生啊，爱学习，爱劳动，妈蛮喜欢他。趁早把婚事定下来，好让妈放心。"

"人家还没凑齐彩礼呢。"

"彩礼？哎呀，现在还时兴那一套做什么，我们家还缺哪一样呀。"

"妈，你再做我的思想工作也没用，他拿不出彩礼，我就不结婚。"

"哎，你这鬼妹子！"芸妈真还拗不过女儿。

四

时间，就像流水一样过去。眨眼间，大自然告别了盛夏酷暑，以其稳健的脚步，跨入了宜人的秋天。空气那么凉爽，阳光那么灿烂，大地抹上了一片金黄的颜色。啊，自然界用它独特的方式告知人类：万物开始成熟。

这一天，张芸芸兴高采烈地从外面回到屋来："妈，妈——"

"什么事呀？喊得这样急，火急火燎的。"芸妈匆匆忙忙从灶屋里走出来。"妈，我，我们，我们今天结婚。"芸芸脸带红润，满怀喜悦。

"什么？你发癫了是呗？"芸妈简直不相信自己的耳朵。

"是真的嘛，人家的彩礼齐了。我说过，彩礼凑齐就结婚呀。"

"哎呀，我一点儿准备都没做，总得张罗张罗啊。"

"要什么准备。"芸芸朝外面打了一声招呼，"还不进屋来，愣在外面做什么？"

这时，从外面走进一位青年，身着笔挺的西装，脚套乌亮的皮鞋，潇洒大方，皮肤虽然有些黝黑，但满身洋溢着知识青年的神韵。他，就是张书志。

书志一手提着一网袋几样时兴的礼品，一手拿着一个用红纸包的包裹，走到芸妈跟前弯腰鞠躬："伯……"

书志刚喊出一个"伯"字，芸芸迅速递来个眼色。

他连忙改口："妈，妈——"

"嗯,欸——"芸妈应得有些急促,却又从心眼里应得好开心。

书志把网袋递给芸妈:"妈,这是我和芸芸给您老挑选的几样东西,表示我们一点儿心意,请收下吧。"

"要这些东西做什么?"她又好像有什么不明白的,转向芸芸,"嗯……"

"哦,彩礼。"芸芸指使书志,"还不交给妈。"

书志把红包裹递给芸妈:"妈,经过我两年的观察实践,并经反复试验,我摸索了一整套果树栽培管理新技术。同时,成功地培育出了'新星一号无核蜜橘'新品种,前不久,获得科研成果专利权,省科委准备将这项科研成果在全省推广。两个月前,我将自己的观察日记和技术措施整理成书稿,交省科技出版社出版了。妈,您看,这就是我写的书。"

"嗯,哦?好,好!有出息,有奔头!妈妈的好女婿!这份特殊彩礼妈收下了。"

芸妈指着张芸芸:"芸芸,你这鬼妹子。"

"嘻嘻嘻……"三人都笑了,笑得合不拢嘴,笑得那样甜!

(原载 1985 年总第 81 期《石鼓》文化季刊)

后记:小说《鬼妹子》发表于 1985 年总第 81 期《石鼓》杂志,小说最初标题为《彩礼》,或许是编辑老师觉得《石鼓》是一份文化刊物,故改了一个通俗一点儿能吸引眼球的题目。说实话,20 世纪 80 年代,我跟大多数文学青年一样,对通俗文学有一点儿抵触心理,而是追求一种纯文学的表达。当年有的纯文学作家,宁愿饿肚子,也不降格迎合市场写一些畅销的"地摊文学"。随着金庸、琼瑶等作家作品的涌入，纯文学与通俗文学也逐渐达成一种完美结合。时至今日，几无纯文学与通俗文学之分，曾一度被文学界颇有微词的网络文学，也已经得到普遍认可。但我始终认为，一个有良知有社会责任感的作家，他的作品不仅仅是满足人的娱乐需求，更应该弘扬真善美，给人以美好的追求和前行的力量。

村庄叙事

盗　讯

"烂泥冲茶桃被偷摘？"消息不胫而走，紧邻的蚌塘组顿时天昏地暗，五十多颗心吊到了村口。男人、女人，老头、小孩都有些精神恍惚，吃不香、睡不甜，担心自家的茶桃会不会被谁打家劫舍去。

寒露季节，暮霭浓浓地罩来，大地冒着冷气，霜风冷酷地吹打，给人削皮般疼。而人们的心却在沸腾、在燃烧。一阵骚动之后，一齐围拢村民组长小谷，你一嘴我一舌，像是防洪大堤裂开了个大口子。

"组长，你说我的茶桃不会被偷走吧？要是偷了，可怜我这个七老八十的老婆子，该吃什么哟……"黄四阿婆干瘪的嘴唇翕动着，满脸深陷的一道道皱纹也好像在抖动。

"你——"组长不知道说什么合适。说句内心话，他是希望被盗的不是这老婆婆的茶桃。可是，世间万事万物，总是矛盾地存在，雷公就单打空心树，能肯定贼就不偷你老婆婆的东西吗？

面对老婆婆渴盼的眼神，小谷磨子底下压出几句话安慰说："您老不要担心，我想贼不会那样冇良心，偷您老的茶桃！您老就放心好了，即使……，我们大家也不会不管您的。"

"小谷，那偷的是谁家的呢?"刘老伯的声音粗鲁而有些愤懑。

小谷看了看他，又望望激怒和焦灼的人群，发现大家都圆睁着眼睛盯住自己。他无根无据，怎么说呢? 村里的茶桃被盗，当村民小组长的心里就不疼? 何况自己终年精心经营的"聚宝盆"也在烂泥冲呀! 此时此刻，他只有装得慷慨一点儿，若无其事一样。其实，他心里头比谁都难受。但是，他到底看的世界比一般村民大，听到这不翼而飞的盗讯，心里头到底表现出一分镇静。他伫立良久，还是什么也没说。

无根无据的盗讯，把全组人的心吊得那么紧! 谁都不愿意自家的茶桃被偷! 这个二十来户人家的村民小组，曾经是那样平静，人们相处是那样和谐，那样互相尊重，相敬如宾! 可现在，自私的遗传基因是那般顽固地盘根错节地禁锢在人的脑海深处，谁又都怕被偷走的茶桃正是自家的。

"湘妹子回来了。"一个年轻人眼尖，突然发现嫁到烂泥冲的湘妹子回娘家来了。

像酷暑里送来凉风，像严寒里送来火炉，人们潮水般一拥而上。

"挤什么，她还不一定知道。"一个中年男人大声叫着。

湘妹子看着人们向她涌来，稀里糊涂、懵懵懂懂："你们聚在这里做什么?"

组长搭了腔:"听说我们组坐落在烂泥冲的茶桃被偷摘了,你知道是偷了谁家的吗?"

湘妹子摇了摇头。

黄四阿婆比谁都更心急,更担惊,踮起小脚尖,拨开人群,一扭一拐地挤到前面,牵起湘妹子的手:"我的茶桃被偷了吗?"嘴角抽搐得更厉害,眼睛一眨也不眨,死死地瞅着湘妹子,似乎在等候一场生死命运的裁决。

"你的?没有吧。昨天下午我还到过你家那块茶树山捡过柴哩!""啊,你到过我的茶树山捡过柴?看见我家茶桃没被偷摘?"黄四阿婆霎时泛起一阵喜悦,眼角里挤出了几颗兴奋的眼泪,恍惚间心里比谁都轻松,比谁都舒畅。

"湘妹子捡柴不一定会留心茶树上的茶桃摘了没摘。"一个女人瓮声瓮气地说道。

黄四阿婆的快活,顷刻无影无踪,"你们……你们都巴望我这老婆子的茶桃被偷,好狠毒啊,也不可怜可怜我这老太婆……"

她大骂起来,对贼也是对全组的人。其实,人们的心,倒不是真的像黄四阿婆骂的那样,可是,谁也顾不上解释。骂声、叫声、哭声、议论声,交织在一起,气氛更加混乱。又有几个人围上来问湘妹子,似乎她就成了神灵菩萨。

"你去过我家茶林吗?"

"偷茶桃的事能确认不?"

"贼抓到了没有?"

…………

湘妹子耳边一片嘈杂，弄得晕头转向，只是茫然地摇着头："没有，我没留心！"

她的回答反而使人们更加混乱，更加心神不宁。

"什么？没留心？还是娘屋人吗！"

"嫁出去的女，泼出去的水……"

"唉，别人终究是别人，只怪自己没常去山里打哨哟。"

…………

天愈加暗下来了，几颗零稀的星星，精疲力竭地爬上了天幕，懒散地一眨一眨。鸟儿归巢了，喜好夜间活动的飞禽，开始在上空盘旋，远处的狗吠声偶尔传来，世间离夜的宁静似乎还有丁点儿距离，可此起彼伏的声音，却似乎又把距离拓宽了。往日聚集在一起的孩子，现在也各自站在自家的大人脚边，茫然无措，似乎也在为大人分忧，为大人气愤。

"组长派去查山的人回来啦。"

忽然，又有人大声叫起来。

小谷心里一惊，他看见人们又一次骚动，人群又一次潮水般向前拥去，其步伐、其节奏、其手之舞足之蹈，比湘妹子的到来，更迅速、更热烈、更激昂。可是，小谷落在了后面，一个年轻的有力气的能挤赢几个人的男子汉，落在了后面，他似乎已经耗尽了力气，再也不愿往前挪动一步。不过，他疲惫的精神空间，却格外明朗，空前清醒。

"谁家的被偷，不都一样吗？"

"不，没有偷摘茶桃这回事！烂泥冲传来的消息，是一个顽皮的小孩闹着玩的。"查山人兴高采烈地大声疾呼。

"啊?"霎时间,人们呆了,木了,都流露出一种无限懊悔的神情。

一场虚惊!

人们散了,山村恢复了宁静。

然而,人们的心里,打了个五味瓶,却平静不下来!

堵 "蛇洞"

天刚麻麻亮,刘正荣就翻身下了床,"起床一支烟,胜过活神仙。"这是他的老习惯。吸完烟后,扛上一把锄头,朝责任田瞧瞧去。

今早,他来到田边,欣赏一幅优美的图画一般看着稻苗的长势,围着田埂转上一圈,习惯性地在放水口子处来几锄,心境颇为悠然自得。突然,他发现离放水口子不远的田埂底下有一个锄把大的窟窿。"恐不是个蛇洞吧?"刘正荣自言自语地念叨,一边小心翼翼地向蛇洞走近,"蛇洞要堵死,不然,晚上来挡水,蛇走出来咬了脚咋办?"他默想着来到蛇洞前,又仔细地看了看,比画了几下,脸上露出一丝诡秘的笑意:"呵呵,蛇洞不小,看来非堵不可!"说完,便去找石头。

"老刘,找石头做么子啰?"恰在这时,责任田与刘正荣的责任田相邻搭界的刘子果也来察看稻田,他看到刘正荣找石头,搭讪地问了一句。

"唉,我家田埂上有个蛇洞,正找石头堵呢!"

"蛇洞?有个蛇洞堵掉做什么?"

"不堵掉蛇会出来咬人的。"

"咬人？"刘子果心弦子一震，但马上平静下来，"哦，我说老刘啊，你这就不是里手了，田埂上有个蛇洞是好事嘛，蛇可以吃老鼠啊。早些年老鼠猖獗，粮食遭受践踏，就是因为蛇少了。田埂上留条蛇，老鼠就会少些，稻苗、谷子就会免遭践踏呀。要是把蛇洞堵了，蛇没个安家的地方，它就不会留在这里为你保护庄稼了。再说，蛇这东西，你不惹它，它也不会咬人的。"刘子果讲了一通道理。

刘正荣听后，眨了眨眼睛，想了想，说："这个，好，费了你的一番苦心，这蛇洞不堵了。"他放下石头，顺田埂看了看，对刘子果说："老伙计，耽误你半刻钟，怎么样？"

"哎，邻居打得好，胜过金元宝。你有用得着伙计的地方，我还哪有脸面推辞。"

"是这样的，我想顺田埂做条水沟，这样就便于灌水排水。"

"好呗！"刘子果满口答应。

于是，两人抢起锄头，"吭唷吭唷"干了起来。只用了二十来分钟，一条顺田埂弯曲的水沟就做得实实帖帖。接着，刘正荣又在水沟的下方开了一个口子。不多时，只见田埂那边大圳里的水哗哗地流入水沟，再哗啦啦流到了下丘田——刘子果的责任田。

"老刘，那蛇洞……"刘子果哽咽着没把话说完。

"哦，那蛇洞不堵了！"刘正荣爽朗地说道。

"不，那，那不是蛇洞，是我用锄头把（柄）捅的暗洞。我是想偷你田里的水。我，我现在就去把洞堵死。"刘子果说完，飞快地背起石头堵那"蛇洞"去了。

刘正荣见此情景，也没说什么，只是"咯咯咯"地笑。

守　谷

"额眉上的汗，脚底下的皮，三十担毛谷子来得多不易啊，贼夫子偷了去，一家大小喝西北风啊。"农民吴清光打着手电筒，一边念叨着，一边朝村里的禾坪走去。

来到禾坪，抬高手电筒照了照，黄灿灿的稻谷，一堆堆，一坪坪，格外惹人喜爱。

吴老汉逐堆逐坪看了看，又到禾坪背来两捆稻草，铺在一个阴暗的地方，点燃一支蚊香，接着，从口袋里掏出旱烟袋，拿出长烟袋杆，装上一斗子烟，安然地躺下，吧嗒吧嗒地吸起烟来，他一边吸烟，一边想起了傍晚时分与几位年轻人发生的争执。

晚稻收割归来，吴老汉和几位年轻人都带了担湿谷到公家大禾坪，倒谷间，吴老汉问他们："喂，你们今晚哪个守谷？"

"守谷，吃了饭没事做？"一位年轻人没好气地回敬了他一句。

"别不当回事，这年头……"

"这年头我们乡亲的心还没黑呢，谁稀罕你几粒谷子呀。"众人打断了他的话。

"这人心隔肚，蒸笼隔木，防着点儿好啊。"吴老汉仍然固执己见。

"你这老人啊，你要守你来守吧。"年轻人不耐烦地回敬了他几句。

"扑哧，扑哧"，什么声音打断了清光老汉的思路。他屏声静气，侧耳倾听，是弄谷的声音。吴老汉惊奇地坐起来，朝禾坪望去，啊，一个黑影在自家的一堆谷旁晃动。

好家伙，还讲没贼夫子偷谷，这不，还不到半夜就来了。哼哼，莫急，今天我非要捉住他让大家看看不可。他蹑手蹑脚地朝黑影走去，走到眼前，猛然扑去。

"汪，汪汪……"

啊，一条大黑狗！

"哎哟，哎哟。"吴老汉的脸被狗爪抓个正着，下巴也被咬去了一块肉，鲜血直流。

他叫苦不迭地回到家里，几位邻居闻讯赶来，连夜将他送到乡卫生院。

过了两天，清光老汉的伤未痊愈，就急急忙忙回了家，走进门一看，自家粮仓的谷子满满的，晒得干燥。

老伴告诉他："粮仓里放了二十八担晚稻谷子。"

"二十八担？三十担毛谷晒二十八担干谷，好晒头！好晒头！"吴老汉连连赞道。

"你不是还怀疑有人偷谷吗？你看，这些谷子放在禾坪，全靠乡亲们帮忙晒干筛净，谁拿过你一粒谷子？"

"啊，我，嗨——"吴老汉重重地在脑门上捶了一拳。

找麻烦

这几天正是农民送粮的高潮，兑款的人们像潮水般拥挤到营业窗口，每办完一个人的手续，兑付款的会计总要习惯地叫一声："下一个。"

叫过半分钟了，怎么还没有人把凭单递过来？她伸头往外看了看，只见一位六十岁上下年纪的老汉正一股脑往前钻，搞乱了正常的排队秩序。

兑付员见老汉一挤，满门子火就上来了："死老倌子，挤你个尸！"她大声骂着。

"我，我有急事。"老汉气喘吁吁地说道。

"你有急事，未必别人就闲着。"兑付员没好气地怨懑他。

这时，排成一条长龙似的村民都圆睁着眼看着老汉，兑付员一嚷，老汉唰地一下脸红到了耳根，豆粒大的汗珠直往下滴，结结巴巴地从门牙缝里挤出一句话："你，你今早给我找错了钱。"

"什么，找错了钱？"兑付员像自言自语，又像反问老汉似的说道。

"是，是，三百块，整整三百块啦。"老汉连连答道。

"好哇，当面不点清，这个时候来找麻烦，走开，我没这个闲工夫！"兑付员命令似的吼着。

亲不亲，都是捏锄头柄的做田人，听老汉说兑错了款，一溜的村民倒同情关心起老汉来了，纷纷向他打听："当初点清了没有？"

"是不是路上丢了？"

有的安慰他："欠债要还，少钱要补，天经地义，怕什么？"

还有几个为他向兑付员求情："唉，请你替他查查吧，300 块钱，可是我们农民几百斤谷子的钱啦。"

兑付员似乎实在懒得听下去了，她大声嚷道："你们都不要钱了？你们……"

"你别说了，"老汉打断兑付员的话，然后把三张"毛爷爷"甩在窗台上，说道："是你多找给我三百块。"

"啊？"兑付员惊呆了，周围的人也一下子安静了下来。待他们醒悟过来的时候，老汉已转身走远了。

坑　人

乡皮蛋厂由于经营管理不善，去年生产的两千箱松花皮蛋，长期积压，至今毫无销路。眼看天气渐渐热起来了，气温上升，两千箱皮蛋慢慢地会变臭。

皮蛋厂刘会计心里火烧火燎，坐立不安，两千箱，成本人力一核算，一个乡办皮蛋厂，亏得起吗？他急匆匆找到刚从外地"取经"归来的赵厂长，请示如何处置是好。

赵厂长满不在乎，以一个常胜将军的架势指示："动动脑筋嘛！"

"皮蛋臭了，降价也没人要，有什么法子可想啊。"刘会计一副苦相。

赵厂长眼眸子一转，嘴皮子一咬："也不学点儿经营之道，发个广告出去。"

"不管用了，我的赵厂长。"

"笨蛋！"赵厂长走进自己的办公室，挥笔起草了下面这样一份广告：

各位顾客：

　　近年来，生产皮蛋的厂家风起云涌，市场皮蛋积压数量越来越大。而我厂生产的松花皮蛋却以物鲜价廉享誉省内外，长期供不应求。现根据市场行情，决定涨价出售，即由原来每只一块增加到一块五毛。欲购者从速！

　　　　　　　　　　　　　　　　××乡皮蛋厂

赵厂长把广告递给刘会计："印发一千份，张贴大街小巷。"没想到这一招还真灵验，不到十天时间，乡皮蛋厂贮存的两千箱皮蛋销售一空，临县一家副食门市部，为批到该厂皮蛋，还特意送给赵厂长两瓶精装"五粮液"呢。

赵厂长一时欢欣鼓舞，光彩照人。他亲自上市筹办了十几样美味佳肴，并提出那两瓶"五粮液"，宴请乡政府大小头目，以显耀自己的才能和威风。

作为一厂之长，又是有功之臣，赵厂长坐了头把交椅。他发表了一番慷慨激昂的演说之后，举起酒杯，向各位敬酒，并带头喝了一杯，酒刚刚入口，脸上立刻露出尴尬的神色，怎么啦？满口苦涩的味道。同桌的刘会计见此情形，也呷了一口，侧身对着赵厂长的耳朵细声提醒道："莫不是劣质冒牌货吧？"

"啊！"赵厂长一愣，肺都气炸了，"喷哂"一声，口里的酒喷得满地都是，拿起酒壶直朝屋中间砸去。"这，这，岂不是坑人嘛！"正在这时候，外头有人禀报，赵厂长住在县城的家属来电：全家病倒，速归！

赵厂长心急如焚，赶紧打点行装，赶到县城人民医院，只见全家大小躺在床上，满脸倦容。问起缘由，方知由于昨晚全家食品中毒，一个个头昏脑涨，呕吐不止，只好送往医院。

赵厂长问起爱人昨晚吃了些什么食品，爱人告诉他："上街买了两斤猪肉，一定是坏猪。"他听后有些怀疑，两斤肉怎么会导致全家人中毒呢？见赵厂长还有些疑惑不解，她爱人又补充道："前些天我在街上看到你们厂的广告，就凭你的面子以低于出厂价的价格从副食门市部批发了五十个松花皮蛋，这些天买菜难，每天都用酱油兑着吃这个。"

"唉，你为何偏买我们厂的皮蛋呢？你吃着没发现什么异味吗？"

"自己老公当厂长还信不过，我还信得过谁呢？我还以为吃起来的那种怪味正是你们厂皮蛋产品的独家风味呢！"

"唉，你呀！"赵厂长哭也不是笑也不是。

（原载 2024 年第 1 期《南叶》杂志）

友谊树

学校新近调进一位叫俞雪的女教师，二十八九岁的年纪，轻盈婀娜的身段恰似婉转跳动的音符，白皙的桃圆形脸蛋洋溢着青春勃发的光彩，一双泉水般的眼睛，含蓄着深远柔和的光亮，红润的嘴唇，好像两片带露的花瓣。举止端庄，神态优雅，有一股令人心驰神往的魅力。

在原来只有男性公民的阵地，突然降临这样一位美貌而温柔的女性，老师们无不表现出阵阵的欣喜。文彬老师更是热情有加，他今年三十二岁，高大的身材，强健的体魄，五官端庄英俊，行为举止张扬着雄浑男性的倜傥与伟岸。

或许是年龄的接近，情趣的相投，文彬和俞雪一打照面，就如同老相识般非常融洽和亲近。学区派车把俞雪的行李运到学校，文老师不仅与其他同事一道，帮着卸车，搬运行李，而且热情地帮助清扫房间，安置床铺，干得非常投入和出色。俞雪感激地报以甜甜的微笑。

也许，在俞雪的心目中，这微笑，只不过是对同事的帮助表示真诚的谢意的一种普通的表达方式，然而，文彬的脑海却留下极为深刻的印象，忘不了，抹不掉；心里感觉暖洋洋的，似乎有一种异样的东西在心头滋长蔓延，从而化作对俞雪深深的向往。以后的日子，他们经常在一起打球、下棋、讨论教学中的问题，天南地北地闲聊。

渐渐地，文彬和俞雪接触的机会更多了。俞雪参加了中师函授学习，而文彬，正在向高师文凭冲刺。学校其他的几位老师，业务水平远远不及文彬，俞雪自然地求教于他了。于是，他们经常在一起，共同研究和讨论。文彬总是不厌其烦地讲解，举一反三地指点。俞雪非常地感激，每当自己弄懂一个定律，搞清一个概念，攻破一道难题，总要留给文彬一个温情脉脉的微笑，以表示她挚诚的感激和谢意。

越是看到俞雪动人的微笑，文彬越是加深了对俞雪魂牵梦绕般的思念。熟睡之前，醒来之后，俞雪的影子总要在他的脑海里波涛汹涌般浮现。

文彬也常常陷入深深的苦恼之中，他为自己这种似乎不祥的心态和阴差阳错的情感，常常感到不可饶恕的自责，他也预感到事态的发展将于自己、于家庭带来什么样的不幸。然而，无论怎样也不能赶走自己对俞雪的思念，俞雪的影子几乎占据了他的整个心灵的空间。夜深人静，人们都已经进入甜蜜的梦乡，文彬有几次独自伫立在俞雪的门前，几次动手想要敲响她的门扉。但是，世上的事情总是那么变幻无定，那么矛盾而复杂。一次次走过去，一次次又回来了；一次次某种欲念的兴起，一次次又被恐惧所替代。

又是一个周末的下午，老师们都已经提前返家，就俞雪一个人长期住在学校。文彬暗暗给自己鼓劲：希望就在你的面前，就看你能否冲破最后一道防线。终于，他鼓起勇气，轻轻地推开了俞雪的房门。

此时的俞雪，身着薄薄的白绫无袖连衣裙，腰系淡蓝色丝带。在幽暗的房间，她那比得上奥林匹斯的女神的双肩，宛若象牙雕成的丰满的臂膀，以及被她漫不经心地披散下来的波浪般的黑发掩映着的丰满胸脯，显得那么优美和迷人。

看到文彬站在门口，俞雪微笑着招呼他进门就座。

"习题三的那道不等式解出来了吗？"文彬极富绅士般关切地问道。

俞雪说："还没想出来。本打算去问问你的，想到你今天要回家，也就……"

"不要紧。来，我们一起研究研究。"文彬打开书，一边口述，一边用笔在纸上不停地比画，从不等式的意义到不等式的性质，从不等式的解法到不等式的证明，从比较法的运用到综合法的理解，两人谈论得那样的投入、那样的默契。

不知不觉，夜已经很深了，远处偶尔传来的牲口叫和狗吠声，更增添了这夜的宁静。那个重要的、期待已久的时刻，一点一点临近了。文彬的心里一阵比一阵兴奋、紧张。他慢慢地不大说话了，低着头，等俞雪说困倦了，需要休息了。俞雪也变得不多言语，不时抬头看着文彬，欲言又止。

屋里一点儿动静也没有，文彬感到雷雨前的闷热和窒息。

"天不早了……"俞雪终于开口了。

文彬像被烫了一下。

"你……你要回去了吗？"

"我……我们，交个朋友，好吗？"文彬终于说出了多少次想说而没有说的话，说完，颤颤地把手搭到了俞雪的臂膀上。

俞雪一怔，脸刷地红到脖根，丰满的胸膛不停地颤动，"这……样……不……好……"她稍思片刻，说，"明天，明天回答你，好吗？"

素有修养的文彬，深深地懂得，尊重女性的矜持，就是尊重自己的人格。他答应了俞雪的要求，在这个深夜，恋恋不舍地离开了俞雪的房间。

整整一个晚上，文彬翻来覆去总是睡不着，脑海里总是浮现出俞雪那苗条的身段、光亮的眼神，以及醉心的微笑；沉浸在与俞雪无限温情的幻境之中。好不容易盼到了天亮，一骨碌爬起来，草草地吃过早饭，便匆匆地赶往学校。

星期天，昔日里喧腾的校园，此时空空荡荡，显得格外的寂静之外，似乎还有几分阴森可怖。文彬优雅而又轻轻地推开俞雪的房门，说："一个人在学校，不感到寂寞？"

"已经习惯了。请坐！"似乎在早已预料之中，俞雪显得非常的平静和自然。

俞雪没有了昨天的打扮，穿一件深灰色的西服上衣，笔挺的长裤。她招呼文彬坐下以后，又给他泡了一杯热茶。

"喝点儿酒吗？"俞雪很有礼貌地问道。她那眼神，照样放着光亮，又像在做着深沉的思考，令人深奥莫测。

"随你的便。"文彬盯着俞雪晃动的身子，心里一直滋长着温情的甜意。

很快，俞雪从厨房端出来三碟菜，摆到桌子的中间，给文彬酌上酒，两人开始举杯对饮。

两人默默地喝着，待文彬每碗菜夹了几遍，俞雪深情地问道："我炒的菜怎样？"

"香，甜！就是……"文彬看了一眼俞雪期待的目光，"就是清一色的瘦肉炒薯片，调味剂的多少不同而已，其实感觉还是一样。"

"那么，女人呢？"俞雪的目光温情脉脉，却有几分咄咄逼人。

"……"文彬懊然。

"那两棵树，有什么不一样？"俞雪随手一指操场。

"各有各的空间，都努力向上成长。"文彬痛苦地呻吟出声。

"愿我们的友谊之树常青！"俞雪伸出一双滚烫的手，脸上还是挂着那串迷人的微笑。只是，霎时间，文彬已经没有了曾经无数次汹涌过的那种感觉。

"……"文彬慢慢地站起，握住俞雪的手，深深地、深深地点了点头。

从俞雪的房间出来，文彬的眼里已经注满了莹莹的泪光。是悲哀？是沮丧？是庆幸？是怜悯？他说不清楚，只是感到身上空前的轻松，空前的有力……

（原载 2004 年 4 月 24 日《衡阳日报·生活周刊》）

商海情怨

　　芸又回到了我们这座小城，作为她的老乡和旧友，应该去看看她的。走进她新近开的小餐馆，满屋的温馨向我缭绕飘来。她还是那般楚楚动人、窈窕俏丽，飘逸微鬈的黑发得体地搭在她微微裸露的肩头，温润白皙的脸充溢着美的质感。只是淡淡脂粉下的眉宇，已经开始挂上细细的岁月的沧桑。

　　接住她递过的浓浓咖啡，我说道："芸，分别这么些年，你是怎么走过来的呢？听说你的生活曲折坎坷，说一说好吗？"

　　她静静地抿了一口咖啡，沉沉地说道："张哥，难得一聚，风风雨雨这么些年，能不跟你叙叙吗？不过，我知道你们写文章的是想从我这里挖一些素材，我的经历也的确值得你写，但不要使用我的真实姓名，好吗？"

　　"绝对放心。"我们拉了手钩，都呵呵地笑起来。随即，芸的心扉慢慢地向我敞开。

　　那是一九八三年流火的七月，芸初中毕业，因家里贫穷，她的父母无论如何也供不起她继续升学了，她又重回大山的怀抱。但是，她那倔强的性格和已经享有的现代文明，是怎么也不能够使自己重复千百年来山里女人已经走过的路，她决心用自己的双

131

手，用自己已经拥有的知识和智慧，驱逐山里的贫穷。

此时，中国第一步改革的浪潮正席卷农村大地。乡镇企业和个体私营经济如火如荼，蓬勃发展。芸所在的村请来一位裁缝师傅，办起了一个小型服装厂。虽然名曰服装厂，实际只是一个缝纫班，教大家做做衣服而已。芸第一个东腾西借集资三百元，报名参加了缝纫班的学习。可是，穷惯了的山里人却没有胆量马上紧跟改革的步伐，他们仍然固守着那份平静，来缝纫班学习的人实在太少。加工出的服装没出售的，村里只好作价摊派给学员们推销。芸分得了三十件。起初，她感到这是一个很重的包袱，忧心忡忡。然而，借来的钱总是要还的，她终于壮着胆子，第一次走上喧闹的集市，摆起小摊做起了生意。没想到分得的三十件服装，居然不到一个上午的时间就销售一空，掐指一算，还净赚四十多元。

"哇，做生意这样赚钱。"少女的心动起来，办执照做生意的想法也在她的心头萌生。

可是，在当时，在那样封闭的山村，一个女孩子家，单枪匹马去城里闯码头，谈何容易？致富的门路又确确实实地摆在眼前，真的不能进去吗？世界上的事情还有什么比贫穷显得更为狼狈和可悲呢？不长翅膀的鸟，哪有自由幸福的天地？穷怕了的芸终于壮着胆子，闯入了经商的洪流。

第一次走进城里去调货，毕竟来自封闭的山村，山里人固有的那种胆怯和那身打扮，让人家守大门的拦住了她："去去去，黄毛丫头，这里是批发部，不是放牛场。"那些时髦的女郎却大摇大摆地进入。芸只好向这些了不起的人物学习，忍痛花八十元买了一身摩登的服装穿上，踏上两寸高的高跟皮鞋，烫了长发，学着城镇女郎走路的姿势再闯商场，这回守门人见她一身阔小姐的派头，连问都没有问就让她进去了。

最初的那些日子，芸只在本乡的两个集市摆摊推销。可沾上做生意的行当，就像男人抽烟一样，也有瘾的，尤其是当钱包慢慢鼓起来的时候，胃口也就更大。什么人言，都不在乎了，就是吃点儿苦，苦去甜来，苦了有所回报，也值。

于是，赶集的范围渐渐地扩大到了方圆十多个乡镇。春夏秋冬，风里来，雨里去，含辛茹苦，一年下来，居然积攒了两千多元。随着与更多生意人的交往，不时有新的消息传入芸的耳里。听人说广州的布料非常便宜，不是用尺量而是用秤称的。云集镇的湾仔就去广州调了一趟货，他说的确有称布这回事，布匹仓库堆积如山，一捆一捆，称比量快，价格也委实便宜，一斤尼龙布才十三元，可以扯五至六米，每米卖出价是六至七元，赚头可大了。芸做了一年的生意，见识多了，胆子大了。听了湾仔的讲述，她果真择了个良辰吉日，带着美丽的憧憬，从那个遥远的山村走出，随着一声汽笛的长鸣，踏上了希冀的征途。

下了火车，眼前涌现的是一片高耸的建筑群，穿戴时髦新潮的人流，来往穿梭的车海，五光十色的商品，以及那闪烁不定的耀眼的灯光。芸惊叹不已，眼花缭乱。走了十几条小巷，问了好多个陌生人，夜幕开始降临了，街头的行人渐渐稀少，批发部在哪里呢？恐惧开始袭上芸的心头。

突然，两个嬉皮笑脸的"长头发"挡住了她的去路，芸那颗本已慌乱的心急得扑扑直跳，她立刻掉转身子猛跑，可"长头发"已立即伸手将她拉住，动手动脚。正在这十分危急的时候，一高一矮两位潇洒的年轻人来到了他们的眼前，尽管"长头发"极尽恐吓威胁之能事，拳头摇得比耍龙灯来得更带劲，两青年却丝毫不予理睬，一个"水中捞月"，两记"飞毛腿"，几下子就将那两家伙打得屁滚尿流、落荒而逃。

随后，其中一位高个的青年自我介绍说，他叫宏，是一家个体电器购销部的老板，生意之余，习点儿武功，矮个青年是他雇用的保镖。在宏的帮助下，芸住进了宾馆。第二天，宏又花了整整一天的时间，把购销部的业务委托他人处理，陪芸调到了如意的布料。当天晚上九点，在略带惆怅的气氛中，他们在广州火车站挥手告别。

回到家乡，芸就开始频频收到宏的来信，他说芸是他见到的所有女性中最纯朴最漂亮的一个；他说芸是女神，是将朴素的美、自然的美、现代的美融为一体的女神，多少城里的靓女都不曾使他动心，唯有芸让他一见钟情，深深眷恋。芸说，她是农民的女儿，是农村户口。宏说，他存款的利息就够芸舒舒服服地过一辈子，管她什么户口。

于是，芸去广州调货的时距越来越短，几乎每月都要南行一两次。四季如春的越秀花园，五彩纷呈的东方乐园，风雅浪漫的太阳岛，羊城所有的风景名胜，所有的娱乐场所，都留下了他们依恋的身影。但是，芸说，她暂时不能来广州，乡下有她挚爱的双亲，有她依恋的山水，她的家乡还很穷，不改变家乡贫穷的面貌，她暂不离开。

宏说："我尊重你的意愿。爱情，不需要任何语言的表白和强求。我相信，爱情的力量会让你在觉得适当的时候来到我的身边。"事情真的让宏言中了。要知道，一个孤身的女孩，在生意场上闯荡，该是多么的艰难。

那一次，芸从鸭塘铺墟场赶集回家，半路上忽然觉得小肚有些胀，接着一股湿润流出了内裤，她的心忽地一酸。火辣辣的阳光燃烧着地面，芸的心碎了，头晕得要命，身子像散了架似的，轻轻地，飘飘在梦中，在天上。醒过来时，她已被一辆小拖车送到了乡卫生院，司机没有留下姓名就走了，晶莹的泪水似潺潺的小溪在芸的脸上流淌。芸是多么需要一个能让自己依靠的岸，能让自己避风的港啊。

于是，读过宏一封又一封燃烧的飞鸿，受纳宏一次又一次深情的迎送和挽留，她终于告别了故乡，暂别了双亲，走进了羊城，走到了宏的身边。

一切都是那么新鲜和绮丽，一切都是那么淡雅和温馨。像一只飘零的小船，终于有了一个停泊的港湾；像一只飞行的小鸟，终于有了一个栖息的小巢；还有宏的爱抚、宏的慰藉，芸感受到了全身心的惬意和满足。

芸也想起了曾与父母生活的那个家，尽管双亲给了她无微不至的关怀和体贴，而自从结识宏并随着感情的日渐加深，她总感觉到生活缺少一些什么，每每赶集归来，尽管父母守在身边，却总有一种孤独和寂寞袭上她的心头。而当她走进宏为她构筑的家，这些失意的情感却全然消失，心灵的感应却是整个的圆满，整个的冲动，整个的幸福，她这才觉得两个家的意蕴是两种绝对不同的内涵，于是她愈加感激宏给予她的爱意。

新婚蜜月之后，宏又回到了他的生意场。芸也带着感恩的心理，尽自己一切的温柔、一切的智慧、一切的胆略，虔诚地辅佐丈夫的事业。宏出远门谈生意的时候，购销部的事务就全盘由她处理，无论财务结算还是货物搬运，她都亲自上阵应付自如。然而，丈夫却不让她操心生意场上的事情，他说："芸，你知道我对你的爱有多深吗？我怎么能再让你操心生意，你知道我不缺钱花，我怎么能再让你去赚钱呢？你……"

"不，"芸打断丈夫的话，"正因为你是那么爱我，我更应该辅佐你的事业。我的目的不是为了赚钱。"

宏搂住芸的臂膀，说道："亲爱的，你就在家好好歇着，好好地玩乐，生意上的事有我应付。"

"不，夫君，"芸带着调侃的爱意说道，"你知道我是农民的女儿，劳作是我的秉性，我不习惯养尊处优的生活，我的幸福在于奋斗中享受人生。"

"好吧，我会给你奋斗的机会的，我要改变你的。"

宏安排芸的奋斗在哪里呢？芸挽着他的臂膀，出入舞厅，出入宴会，出入谈判桌前。每当与外商或上层人物打交道的时候，他会潇洒地伸出手臂："我的夫人！"以赢得对方钦羡的目光，迷迷的微笑。随后，宏好不光彩，好不荣耀。

起初，芸觉得只要丈夫喜欢且有益他的事业，她什么也不在乎。然而时间一长，她渐渐地觉得无聊和厌倦了，自己难道就是一个花瓶，专门去装饰丈夫的风光吗？不，自己不是花瓶，是一个活生生的有血有肉的人，她希望得到丈夫的宠爱，助成丈夫的成功，同时需要自己的事业、自己的人格和尊严。芸坦诚地向宏表明了自己的观点，然而，观念和人生的差别，尤其是当这种差别掺进去一些专横的爱的时候，这种差别是很难达成沟通和统一的。

随着这种差别的显露，芸又明白了一件让她痛心和不能容忍的事情。森严的门第等级观念在宏的潜意识中根深蒂固。是的，他真诚地全身心地爱着她，可骨子里讨厌她的父母，那是两位多么朴实而又善良本分的老人，居然在宏的心目中不能得到应有的尊重，当芸把他们从遥远的乡下接到城里居住，宏总是以种种理由逃避在公共场合接待，甚至发展到不迎进屋而打发到一个偏僻的旅店住下，表面上却以关怀的口吻冠以许多堂而皇之的理由在她的面前搪塞。

一次又一次原谅，一次又一次推心置腹的交流，一次又一次痛苦的抉择之后，他们终于各自带着一颗破碎的心，流着满眶伤心的泪，在那个秋日的傍晚闪烁的烛光下，回忆着往昔刻骨铭心的恩恩爱爱，面对着今天各自不同心境的客观现实，共酌两杯苦涩的酒液，艰难而又友好地分手了。

叙述完了这一切，芸已经是泪流满面，唏嘘不已。听了她跻身商海的坎坷经历和燃烧却又熄灭的爱情故事，一种复杂的情感涌上我的心头，说不出是为她伤心还是欣喜，是为她惋惜还是庆幸。似乎什么都有，又似乎什么都没有。

"我不知道该如何来审视你失败的婚姻。"走出芸的故事，我讷讷地说道。

"也许他是对的。"芸深沉地说。

"可是，你也没有错啊。"

"是的，或许我们都没有错。只是，我们不能运行在同一条人生轨道罢了。我们的婚姻失败了，但我们仍然是朋友，是商界的朋友，至少是业务往来的关系户。"看得出，芸还没有能够摆脱对往事的依恋。

她停了停，接着说道："我知道人生的花季是有限的，我要紧紧抓住年轻的时光，靠自己的双手和毅力，多赚些钱，赡养自己的双亲，同时充实自己生活的色彩。"

我再次巡视了一遍芸装饰得富丽堂皇的小餐馆，看着那一个个绅士派头的顾客和一个个忙忙碌碌的帮手，我默默地点了点头。走出芸的小屋，我再次回首，心底虔诚地为她祈祷：愿上苍赐福于你，芸！

（原载 1992 年 9 月 19 日《湖南日报·周末增刊》，1993 年第 3 期《工商之友》杂志）

燃烧的火苗

　　一条远离市井中心的背街小巷，长长窄窄，蜿蜒着由东向西
伸展。街道的两旁树木参天，门店林立，书法装裱、名人字画推
介、少儿书法培训，一应俱全的金字招牌，仍然昭示着"书画艺
术一条街"昨日的辉煌。张斌创办的"悦心艺术画廊"就置身其
中，栖息在街道的一隅闪烁出微弱的光环。

　　晨曦初露，城市的喧嚣尚未启幕，踏着蒙蒙光亮，他就迈着
蹒跚的步子来到了店里。今天他不是来开门营业，只是想来店里
一个人静一静，闻闻宣纸、墨汁的清香，感悟安宁静谧的氛
围，再仔细地盘点一番：店里库存的名人字画、画架书柜沙发桌
椅灯具电脑等所有的家什，一次全部处理掉还可以折算出多少钱
来，然后以阵败者的哀伤向画廊做着最后的告别。

　　他开锁进门，感觉到光线的暗淡，顺手开启了电灯，一时灯
光亮得有些刺眼，他掉转头来望到挂满墙壁的画作，又看了看插
满瓷瓶的画轴，昨日还价值连城的宝贝，今日却成了无人问津的
弃儿，一丝怨气便涌上心头。他气呼呼地把灯关掉，顿时画廊一
片昏暗，只有他的心里，还剩下一朵小小的火苗，那么细小，那
么微弱，而今天，这朵风雨飘摇中的小火苗，也终于即将熄灭。

"守店比守寡还难。"隔壁老板娘颇具经典意味的话语，再一次勾起了张斌的同感。是啊，电商崛起，开个实体店就像踩钢丝，摇摇欲坠，常常是一天见不到一个人来光顾。

可是，他于心不甘啊！

三岁那年，张斌患下小儿麻痹症，落下残疾的身子，父母悉心地引导他教育他，自小开始学习画画，小小年纪就在当地有些名气。高考体检却未能通过，他便走自主创业之路，办起了这家"悦心艺术画廊"，既推销自己的画作，又经营名人名家的作品。那些年，搞收藏的，搞家装的，附庸风雅的，接踵而至，生意煞是火爆。在画廊里，他结交了一大批艺术大咖和书画爱好者，更让他一生为之自豪的是，认识了年轻貌美、酷爱书画艺术的妻子，结婚成家，生活得恩恩爱爱，甜甜蜜蜜。

然而，书画市场犹如孩子的脸，说变就变，早在五六年前，就开始不景气，字画价格像秋分过后的气温，一跌再跌，随着人们消费观念的转变，过去那种追求奢华、铺张浪费的情形销声匿迹，大家都讲究理性消费，连衣食住行都要精打细算，谁还盲目地追求这些高雅的爱好。画廊里的水电费、房租费、人工费，开支一大把，画廊苦苦支撑了一两年，他终于熬不住了，百般无奈之下，他只能像其他一些实体店一样做关门歇业的打算。

可他心里苦啊，自己视同生命的绘画艺术，自己与之相依为命的画廊，不仅是他物质生活的来源，更是他精神世界的全部寄托啊。沉思良久，两行清泪止不住地在他脸上流淌。

突然，手机铃声响起，他慢悠悠地从裤袋里掏出手机，按开通话键，手机里传来一个爽朗的声音，电话是慈善总会的人打来的，就是早两天让他填写申请表的那个干部，说是总会领导了解到他的情况后，特事特办，立马研究定了下来，让他把身份证号码和银行卡号报过去，他们好在当天把资助创业救济款项打到他的银行卡上。

张斌的情绪顿时有了一些好转，他腾地站起身来，再次开启了电灯，疾步来到窗子的下面，"唰"的一声拉开了窗帘，顿时整个画廊光明一片。

手机里，那个干部还在继续说着话，说是现在各行各业都在齐心协力营造良好的经济发展环境，帮助中小企业特别是实体店走出困境，慈善机构理当发挥其应有的职能作用。"悦心艺术画廊"是慈善总会长期帮扶的对象，领导们在研究给予创业困难补助的同时，还定于明天上午在市阳光广场举办"悦心艺术画廊书画作品专场慈善拍卖会"，叫他提前去阳光广场布置拍卖画展。

张斌站在窗口前一动不动，肩膀轻轻地抖动，身上开始阵阵的战栗。他顾不上说上一句"谢谢"的话语，一丝往事也呈现在他的脑海。

那是"悦心艺术画廊"开办之初，市文化和旅游局的干部们听到了这一消息，他们便走上门来，送上五千元的文化产业发展创业资金。这是位特别和蔼可亲的大姐，当天，她告诉他残疾人创业所享受的优惠政策，带他去残联办理了二级残疾证，获得了免税的资格。就是在这位热心大姐的帮助下，这家"悦心艺术画廊"才顺顺当当地开起来了。

没想到，这一次，当自己走投无路的时候，市慈善总会又伸出了援助之手。张斌实在忍不住了，他用双手捂住脸，泪水透过指缝，从脸颊上哗哗地淌下来。瞬间他又似乎意识到什么，往后挪移了一步，他是想避开那幅名家的画作，怕自己的泪水把它弄湿了。

翌日清晨，张斌大早起来，与妻子一道，将清理出来的八十三幅作品运到了阳光广场，紧锣密鼓，仅用一个多小时，就搭起了一个简易展棚。

上午十点，"悦心艺术画廊书画作品专场慈善拍卖会"如期举行。来的人真多啊，政府的领导来了，相关职能部门的领导来了，市内十多位知名企业家来了，还有一百多位书画爱好者和周边群众也来了。当主持人宣布拍卖会开始，"砰砰砰"的拍卖棒槌声便响个不停。不到两个小时，八十三幅书画作品就拍卖一空，共筹得善款三十二万元。市慈善总会会长亲自把这三十二万元送到了张斌的手里，鼓励他说："加油干，把'悦心艺术画廊'好好办下去，办成全市文化产业的品牌。"

手捧这三十二万元善款，张斌不知道说些什么才好。三十二万元，这是一笔多么大的数目啊！"悦心艺术画廊"就要重整旗鼓起死回生了，几年累计亏空的债务都可以还清了，不，他还有更宏伟的计划。

过些日子，张斌带着妻子去了江浙一趟，看到了人家书画艺术的传承发扬光大，更看到了人家文化产业的兴旺发达，他的心头豁然开朗，一个振兴画廊、回报社会、服务市民的全新蓝图在心中绘就。

他一直想着能把隔壁那间闲置的小阳台买过来，和自家画廊打通，在二楼开展退休人员和青少年书画培训业务，他还要让书画艺术进机关、进学校、进企业，让全社会盛开书画艺术之花。

张斌跑到市慈善总会会长办公室，把自己的宏伟构想向会长做了详细汇报。会长连连点头："好，放开手脚干，当下最要紧的是发挥实体店的优势，扬长避短，转变经营理念，拓展发展思路，给全体实体店以信心。"当即，会长就给自己曾经工作过的单位打电话，让他们支持残疾人办企业，支持文化事业的发展。

接下来的事情，就是好事一桩接着一桩地到来。有了钱，隔壁的小阳台很快买了过来，书画艺术培训班立马开起来了。书画艺术"三进"行动计划像长江中的浪花，一浪推着一浪往前赶。两个多月下来，就签下了五个大单，业务量排到了二〇一五年。

看，"悦心艺术画廊"又热闹起来了，张斌夫妇里里外外忙个不停，店里还聘请了三名残疾人书画爱好者，他们在这里既学习书画创作，又拿着画廊的工资，学习着，工作着，生活着，快乐着。

就在这一天的下午，画廊走进一位精神矍铄的长者，他自我介绍说，自己来自北京，是书画界的一位学人。一交流，才知他就是全国著名画家钟默先生。张斌听到这个名字，如雷贯耳，全身为之一怔。

事情完全出乎张斌的意料，钟默大师说："我早几年就听说了你自强不息、坚守书画创作和书画推广普及的事迹，你的信誉度和知名度赢得了我的信任。很好啊，年轻人，在你遇到困难的时候，政府职能部门全力支持你，我也为你献一份爱心，以后，我的所有作品独家授权你来推介和销售，我还会联络更多的书画名家与你合作，让'悦心艺术画廊'走向全国，走向世界。"

张斌听着听着，鼻子一酸，眼圈红了一大圈，盈盈的泪水直在眼眶里打转，心里那曾经奄奄一息的小火苗，呼地一下燃烧起来，直往上蹿，燃成了一蓬金红色的烈焰。

夜幕降临，习风轻拂，徜徉在"书画艺术一条街"的人们又渐渐地多了起来，抬眼望去，"悦心艺术画廊"几个通红的大字在夜色中通体透亮，几乎惊艳了这座古老的城市。

（原载 2023 年 8 月 8 日《衡阳晚报》）

乌鸦和喜鹊

在一个森林王国，住着许多种动物，花虎为王，始祖于鸟类的乌鸦和喜鹊，同属这个王国的臣民。它俩的长相颇有些相似之处：都拖着一条长长的尾巴，同穿一身黑褐色的衣裳。而且均以清脆嘹亮的歌声和翱翔于天空的特长引起世人与动物们的瞩目。

大概正是看中了乌鸦和喜鹊能鸣善飞的特长，那一天，花虎大王召集大小动物，正式宣布：任命乌鸦、喜鹊为钦差大臣，出访各地，巡察民情，每天将巡察情况直接禀报大王。

常言道：成绩不说跑不掉，问题不报不得了。乌鸦牢牢地记住了这一人生哲理，一片忠心报效国王，以报凶化忧为自己的责任；而且受命大王之后，报忧的鸣声"呱呱呱"更加悠长嘹亮，以引起国王和世人的警醒。

喜鹊却恰恰相反。它认为，常言道的虽然揭示了事物的本质现象，但在现实生活中，大凡人和动物，都是喜欢不听忧的，逢人便说三分好，不讨欢心也欢心。于是，它便讨人所好，报喜的鸣声"喳喳喳"，变得更加婉转动听，以引起国王和世人的注目和称颂。

因此，花虎大王一听到乌鸦的"呱呱呱"的长鸣，就知凶多吉少，满不高兴，避而远之；而一听到喜鹊的"喳喳喳"的歌声，就满心欢喜，笑脸相迎，大加赞赏。长此以往，住在森林王国里的其他大小动物，也都受到感染：喜欢报喜的喜鹊，讨厌报忧的乌鸦。

那一年，秋去了，冬来了，北风呼呼地刮着，鹅毛大雪铺天盖地地下来，一夜之间，整个大地变成了银装玉砌般的世界。这天晚上，乌鸦冒着风雪，遍访各地，搜得第一手材料；翌日清晨，它忍饥挨饿，急急飞回王宫，禀报大王："呱呱呱，禀报大王，昨夜一场大风雪，给我等兄弟姐妹带来重重创伤，不需两三天，将有数千栋房屋被厚雪压塌，将有数千名同胞被严寒冻死。请示大王从速派兵救援。"

花虎大王一听乌鸦禀报的又是凶讯，怒从胸来，沉下脸来正要发作。恰在这时，报喜的喜鹊也飞了进来，跪在花虎面前，张开嘹亮的歌喉："喳喳喳，启禀大王，可喜可贺，托大王的福，昨天下了一场大雪，俗话说'瑞雪兆丰年'，明年定然又是一个五谷丰登的好年成，我们又可衣食不愁，坐享其成啦。"

花虎大王一听，转怒为喜，哈哈大笑："爱臣言之有理，有理啊！"又转向众禽兽，"兄弟姐妹们，敲锣打鼓，庆贺一番。"

乌鸦连忙劝阻："大王，大王，还是解救苦难中的同伴要紧啊。再说，今年瑞雪，并不一定能够保证明年没有旱涝灾害。"

花虎大王连理都不理，狠狠地瞪了乌鸦一眼，留下一句"扫兴鬼"，走进了王宫。

乌鸦无奈，只好独自漫飞在空中，为死难的伙伴发出阵阵哀鸣。

整个冬天，花虎大王静坐王宫，动物们都知道大王好听喜厌闻忧，几场大雪，压塌了多少房屋，冻死了多少同胞，谁也不敢禀报。花虎大王悠哉乐哉，好不痛快。

时间过得真快，眨眼已是春暖花开的季节。每年的这个时候，正是喜鹊报喜讨赏的大好时机。这天，它报完百花盛开、万木争荣的喜讯之后，大摇大摆，领着花虎大王及诸多禽兽，吹吹打打，游山玩水，赏花取乐。

路上，正好遇到了报忧的乌鸦，乌鸦连忙大声呼叫："呱呱呱，启禀大王，不好不好，大祸临头，据气象部门可靠预报，我们居住的这个山头，将会发生火山爆发，人类正在大举迁移，我们可得采取紧急应对措施啊！"

花虎大王一听，霎时间脸上晴转多云："眼下春暖花开，风景秀丽，火山爆发从何而来。你报来如此骇人耸听的凶讯，是不是有意倒本大王的胃口，快快滚开。"

大王的随行人员也随声附和："快快滚开！"

乌鸦据理力争："大王，兄弟姐妹生命攸关，您可千万要以大局为重，迅速采取防范措施。独断专行，后患无穷啊。"

花虎大王一听，勃然大怒："大胆逆臣，竟敢如此放肆。"他大声叫道："众臣——"

"在！"大大小小的动物齐声应道。

"把它赶出王国。"

"是！"

众禽兽一拥而上，棍棒相加，将乌鸦赶出了森林王国。花虎大王还不甘心就此罢休，指使大小动物，破口大骂，驱赶凶神：

"老乌鸦呱呱叫，空中死了人，死了哪一个？死了老鸦一个人。"

乌鸦流着伤心的眼泪，独自在天空飞翔。但是，它还是没有忘记自己肩上担负的重任，强忍着被驱赶和谩骂的人格侮辱，撕心裂肺地发出"呱呱呱"的长鸣，给兄弟姐妹们警醒。

有些动物被乌鸦的真诚感动了，避开花虎大王的耳目，偷偷地逃离了森林王国。

不几天，山头突然传来山崩地裂的响声，一股巨火冲破长空。正在游山玩水、赏花取乐的花虎大王和随行禽兽，被这突如其来的响声和火光惊得目瞪口呆。但是，还没等它们醒悟过来，整个森林王国开始摇摇欲坠，火光铺天盖地地袭来。霎时间，它们全都葬身在了火的海洋、泥土的深渊。

垂死的花虎大王这时才明白，乌鸦的预兆印证了，自己全吃了喜欢听喜不听忧的亏啊！

后记：本文只是为了说明喜欢听喜不听忧必然导致严重后果的道理。事实上，"喜鹊报喜，乌鸦报忧"只是民间一种迷信的说法，没有科学依据。

种子呼救

丰收了，农民心里很高兴，高兴之余自然想到除了自己的辛勤劳动之外，这当中还有良种的功劳。于是，留种的时候，总是把金黄色的稻种晒得干干的，筛得净净的，小心翼翼放入装过氮肥的塑料袋内，正当用细绳捆扎时，稻种齐声叫起来了："救命啊！救命啊！"

这突如其来的叫声把农民吓了一跳，不解地问稻种："亲爱的稻种，你是怎么了？哪里不舒服？"

稻种说："您把我们装在这里面干什么？"

"我是想让你们在塑料袋中好好休息，等明年下种时，好繁殖后代，为我们多打粮食，难道不好吗？"

"您要我们繁殖后代，明年多打粮食，为人类作贡献，这当然很好。可是，您不该把我们放在这讨厌的塑料袋中。"

"这塑料袋是装过肥料的，没关系，它现在空着，把你们放在这里边，我搬动方便。再说，你们躲在这里边既不怕受潮霉变，又不怕虫子咬你们。为什么不好呢？"

稻种耐心地说："您知道吗？凡是装过氮素化肥的袋子，都有一股氨气，这种氨气是我们的死对头，遇上它，我们就会中毒，时间长了我们就要停止呼吸，明年就不能为您多打粮食了。"

"那我把你们放到食品塑料袋里行不行呢？"农民好奇地问。

稻种回答说："这也不行。不管是我们水稻种子还是其他什么种子，都是有生命的个体。在储藏期间，虽然基本处于休眠状态，但仍然进行着微弱的生命活动。我们需要一定的温度、水分和氧气。您把我们放入塑料袋中，又把口袋扎紧，我们会闷死的。"

农民恍然大悟，长长地嘘了一口气，很抱歉地问种子："那我把你们贮藏在什么地方合适呢？"

种子告诉农民："可以把我们放入木柜、麻袋、布袋或者瓦缸里，但事前都要严格清洗消毒，彻底清除夹杂在缝隙里的虫卵和其他杂物。如果有仓库，就把我们贮藏在仓库内，仓库要做到不漏、不潮、无病虫、无鼠雀，并有门窗，既能通风，又能关闭。特别注意的是，不要把我们同农药放在一起，否则也会使我们丧失生命。"

听了种子的话，农民懂得了贮藏种子的方法。最后，他深有感慨地说："光有良好的愿望，没有科学的头脑，难免造成损失。"

（原载 1984 年第 10 期《湖南农业》杂志）

蜡烛和香烟

蜡烛和香烟燃烧以后都化为灰烬，然而，它们在人们心目中的声誉却不尽相同，一个赢得鲜花和礼赞，一个受到诅咒和唾弃。为此，香烟愤愤不平。

有一次，香烟碰到了蜡烛，直埋怨道："人世间的事情真是太不公平，我和你一样，都是为人类燃烧献出了自己的生命，可是，我的好心却得不到好报。"

"烟老弟，"蜡烛坦率地对香烟说，"燃烧的价值不尽相同，我燃烧是为了照亮人们走向美好和光明；而你呢，燃烧毁灭了自己也坑害了别人……"

"别瞎说了。"香烟打断蜡烛的话，并高昂着头挖苦蜡烛道，"抬高自己贬低别人。"

"好，那让我们用事实说话吧。"蜡烛拿出一份世界权威学术报告，指着一段关于香烟的陈述对它说，"你仔细读一下吧，你看看，你的毁灭给人类带来多少不幸，你燃烧时放出一千二百多种化学物质，严重地污染了环境，而且有四十多种是致癌物，据统计，在人类癌症患者中，有百分之十三的人是因吸烟所致。"

听了蜡烛的指证，香烟无话可说了，只好低下高昂的头颅。

骄傲的月亮

初一的晚上，夜空挂满了无数的星辰，一颗颗发出璀璨的光芒。宇宙中的月亮，却无所用心，还在蒙头睡大觉。初三晚上，月亮漫不经心地睁了睁眼睛，又睡着了。直到初四的深夜，他才爬上天幕，一留神，哎呀，光体比自己小得多的星星，发出的光亮比自己还大。他的心里受到强烈的震动，便暗下决心，一定要赶上和超过他们。

于是，他一天比一天起得早了，发出的光亮一天比一天增强，自我的形象也一天比一天圆满。初三初四蛾眉月，初五初六月渐圆。不久，他不仅远远超过了星星的光亮，而且，在他的映照之下，星光显得越来越小了。到了月半十五，月亮已经圆满无缺，照得大地就像铺了一层白银，整个宇宙如同白昼。

这时候，人间抒写了许多赞美月亮的诗篇，编写了许多讴歌月亮的故事。在这一片赞扬声中，月亮兴奋不已。渐渐地，开始洋洋得意，趾高气扬，产生了骄傲情绪，认为自己已经是世界上最圆满的发光体，谁也比不上、赛不过，现在该歇一歇，休息休息了。于是，他又开始睡起懒觉来，一天比一天起得晚了，发出的光亮一天比一天弱小，而且其形象也一天比一天残缺。积习日益加重，到了二十八九的晚上，竟然又躺到山底下睡大觉去了。

只有那谦虚的星星，仍然布满天空，为人类输送能量和光明。

刘大伯赶集

　　塘下村的刘子文大伯，自从那年提八个鸡蛋上集卖被当作"资本主义尾巴"后，发誓再不赶集了。十来年过去了，刘大伯倒真的没上过一次集市场。

　　近几年，农村政策放宽，市场繁荣，刘大伯倒是有心破"戒"，可一般又没什么大事要上集办，即使有点儿事，已经当家的儿子上集去办了，用不着自己操心，这个"戒"也就一直没破掉。

　　今年花生大丰收，刘大伯一家就收了三百多斤，原打算春节前再挑到集市上去卖，可最近听说，今年销货早，市面上花生价钱贵，儿子改变了主意，打算现在就卖出点儿，可眼下恰逢晚稻收割季节，自己抽不出身，一时有些为难。

　　刘大伯了解到儿子的心事，破"戒"之心又动了。他对儿子说："儿呀，反正我在家里闲着没事，就让我提点儿去卖吧。"于是，刘大伯提了二十斤花生，上集了。

　　集市上的人可真多啊，上街下街，人山人海。刘大伯毕竟是六十好几的人了，身子骨挤不得，就在街尾的一条小巷口摆开了花生袋。袋口刚揭开，就有好几个人围上来，纷纷向老人打听花生的价钱。

刘大伯一愣，卖多少钱一斤，儿子事先可没告诉他。他想：当年赶集，听说花生的价钱是四毛、四毛五，现在的价钱好，就喊高点儿吧。想到这，子文大伯大声答道："六毛。"

"六毛?"周围的人一听，都愣住了。还是年轻人反应快，一位后生仔马上接话说："老人家，我加一毛钱一斤，称十斤给我吧。"

一位中年妇女怕这笔便宜货被后生仔抢了去，连忙说："老人家，我八毛五分钱一斤，全卖给我。"

刘大伯心中大惊大喜，连连答话说："好，好!"自己家的劳动成果，不是赚的冤枉钱，愿买愿卖，当然就高不就低喽。于是，刘大伯一秤称给了这位中年妇女。

卖完花生，时候还早。十来年没赶过集，今天就看个够吧。大街挤不进，就走小巷。街上的商品可多啦，五彩缤纷，琳琅满目，应有尽有。

刘大伯边走边看，不知不觉到了中午时分，肚子里也开始唱起花鼓戏了。恰好，前面飘来了香喷喷的气味。原来，到了一家饭店的门口。十来年没上过集，就进去尝尝鲜吧。于是，刘大伯慢悠悠地走进了饭店。橱窗前一看，陈列的食品真多：猪肉、鸡肉、狗肉、羊肉，皮里的肉，肉里的皮，吃哪里，有哪里。嘿，还有螃蟹呢，这家伙准便宜，小时候在家乡的小溪里不知摸出多少个。

老人指了指螃蟹，对店老板说："吃这个。"

店老板照老人的意思炒下了一盘。吃完饭，刘大伯跟店老板结账，老板伸出五个指头。刘大伯心中一喜："咳，还吃得，只吃掉半斤多花生。"赶快从衣口袋里掏出了五毛钱。

老板一愣:"老人家,是五块啦。"

"五块?"老人心里一惊,简直不相信自己的耳朵,"这,这
螃蟹……"

"哎,老人家,这螃蟹可是山珍海味呢,是进贡的佳品
啊,昔日里只有达官贵人才吃得起,当年的慈禧太后就喜欢吃
这个。"

刘大伯当然没有全听懂老板话里的意思,"唉,花得冤枉
啊。"很不情愿地掏出五块钱,拔腿就走了。

回家路上,刘大伯经过生资门市的门口,只见店里有好几个
人在高兴地谈笑着。他又不自觉地停下脚步,凑热闹似的走了进
去。原来,他们都在买肥料。

刘大伯突然一想:家里种了油菜,何不顺便带几斤尿素回
去。他挤了上去,要营业员给他称十斤。接过尿素后,刘大伯拿
出十块钱问道:"十块钱够了吧?"

营业员一笑:"老人家,买十斤尿素,两块七毛五分钱就
够了。"

"两块七毛钱就够了?"刘大伯又是不敢相信自己的耳朵,接
过尿素,笑嘻嘻地说道:"一斤花生能卖八毛五分钱,八毛五分钱
能买三斤多尿素,值得,值得!"

刘大伯转而一惊:"唉,就是那盘螃蟹吃得太冤枉,一吃就吃
掉了六斤多花生。"

(原载 1989 年 3 月 18 日《农民日报·周末版》)

静心殿

后记：20 世纪 80 年代末期，改革开放大幕徐徐拉开，城乡居民无论是物质还是精神生活，都悄然地发生着深刻的变革，我发表于 1989 年 3 月 18 日《农民日报》的小说《刘大伯赶集》，其主人公刘子文大伯，尽管是一个朴实憨厚的普通农民，通过这次赶集的经历，也折射出农村改革给生活日常带来的裂变与收获。

圆　妹

　　圆妹和我干一个行当，经营服装，追赶流行色，依照眼下时髦的命名是：倒爷。哦，不，倒奶奶。

　　她有一个很秀气的名字：张稚雅。不过，只有在填写那些五花八门的表册时，她才用一用。平常，大家都热乎乎地唤她作"圆妹"。

　　这个雅号实在天衣无缝美妙绝伦。因为圆妹浑身的基点就是"圆"，圆的脸蛋、圆的嘴巴、圆的眼睛，一米五八的身材也是滚瓜溜圆的。不过，圆妹很会运用现代文明的审美意识完美自己的形象。她个头不高却有自知之明，从不留披肩长发，绝大部分场合的装束淡雅素净且呈直线条纹路；肩直发点缀一枚精致的小发夹，淡扫蛾眉，薄施脂粉，修饰的基调尽往书卷气里钻，特别惹人喜爱。于是，闲得没事我便对圆妹说："你长得不漂亮，但很耐看！"为此，我的肩膀没少挨过嫩拳头的搋。

　　圆妹的长相圆，就连说的话也是滚圆的。那次，一个山里来的个体户从我的铺子里调走两千元的红色服装，我口里头迎合顾客的心理，直说："俏货，好销，穿上最美。"心里头却在悲哀地怜悯："哎，乡下人啦，旧脑筋，愚昧的打扮，单调的死板俏。"

事后，我跟圆妹说起这件事，她指着我的鼻子说："你呀你呀，你知道个屁？那才是高雅的审美观呢。大山里森林是绿的，田野是绿的，荒坡是绿的，分散的山里人穿上红颜色的服饰点缀绿色的大地，那才是自然的美、和谐的美呢。"圆圆润润的几句话，说得我口服心服。

因为人圆话圆，谁都愿意跟她交朋友。有什么知心话都愿跟她讲，有什么为难之处都请她帮忙。有次，一位教书先生做东。我说："倒奶奶可不能要那先生掏腰包哟，桌上的拼盘超过人家一个月的薪水哩。"

"先生宴请小姐，让小姐掏腰包，合适吗？不礼貌的。不过，我们也不会白吃朋友的哟，他来我们铺里购服装，每套少赚十元不就答谢了吗。"

那先生挺大方，点了十个菜；先生也是挺会说话的，宴到一半，放下筷子，慢条斯理地说："今日可是有劳二位哟。"原来，他相处了几年的女友，最近和他闹起了别扭，请我们说和说和。

圆妹抿了一口威士忌："好说。"圆妹深知姑娘还是爱着他的。

过几天，我到底在街头见到了那先生与他的对象手挽手亲热地走着。我说："圆妹，你应该去当婚姻介绍所的所长或调解委员会的主任。"

"我才不稀罕。当今中国最自由的就是倒爷呢！不过嘛，成人之美的事，多做点好哟。"

说起圆妹的"圆"，却也有不圆的时候。茫茫人海，圆妹不乏狂热的追求者，其中有位一米八四的大学毕业生，风度翩翩，倾心于圆妹，绿色的情书驮着焦灼的渴望不时从邮局寄来，湿漉漉的三月常常划着炽热的小舟徘徊在静谧的港湾。可是，圆妹却森严地关闭着港口不让小舟停泊，黑色的栅栏隔开一棵结满虔诚和思念的相思树。

我说："圆妹圆妹，你疯了，你疯了。"圆妹死不开口，被我逼急了，圆圆的眼眶溢满了盈盈的泪水，圆圆的嘴巴扁起来，艰难地启齿："告诉你吧，我爱上了一个人，一个有妇之夫。"

"啊？"我的惊骇不亚于前几天从广州弄回一批走私货在车上被工商人员查出来罚款三千元。

"高干子弟？"

"那才不呢。和我一样，倒爷一个。"

"这就唤起了你的爱？"

"他能说会道，会赚钱，会舞文弄墨。"

"就这些？"

"够了够了，我爱他！"圆妹叫起来。

"能结合吗？"

"不知道。我只知道爱。呜……"说着说着，眼泪还是不可阻挡地溢出了她的眼眶，在圆圆的脸蛋上流淌。

"圆妹圆妹你别哭，你哭我也会哭。你应该——超脱。"平生见不得别人哭尤其见不得圆妹落泪，只有用一句苍白无力的话提醒她安慰她。

"走着瞧吧。"圆妹使劲地说出了这句话。

是，圆妹。

"妹妹你大胆地往前走呀，往前走，莫回头，通天的大路九千九百，九千九百九哟……"

我默想着《红高粱》的九儿，虔诚地为圆妹祷告！

（原载 1989 年第 2 期《湖南文学》杂志，1989 年第 3 期《微型小说选刊》）

后记：1988 年，家人在乡政府驻地开了一家小店，由此与县个体劳动者协会有了些联系。县个协鼓励我多写写个体户，按报刊级别给予稿费 2—3 倍的奖励，这便写了一些个体户题材的作品。小小说《圆妹》就属于这个题材，首发 1989 年第 2 期《湖南文学》，后被 1989 年第 3 期《中国微型小说选刊》转载。因迎合当年的创作潮流，现在看来，小说主人公的婚姻观有偏颇，希望朋友们在阅读时有所甄别。

浸　种

　　杨古生老汉在村里是小有一点儿名气的，人称"种田里手"，农活无一不会，犁耙耕耘更是他的拿手好戏。偏偏这样一个"高手"，对读书却看不上眼。有几个文化人跟他争辩，你说他嚷什么："识几个字有什么稀奇，我老汉，一字不识，还不照样亩产粮食两千斤，别看你们认识几个字，我还要和你们比比高低，争争上下哩！

　　开春浸种育秧，乡农科站给每个农户发了一份"三开加一凉煤灰快速催芽法"的资料。杨古生从别人那里隐隐约约听说是介绍什么"三开加一凉"，他把资料丢到一边，轻蔑一笑："这有什么神秘的，谁还不会。"

　　口里虽这么说，老汉心里还是有些胆怯。他考虑过，浸种育秧，是今年生产的头一仗，这一仗若是打败，一则影响全年粮食产量，二则会落得个连浸种育秧都不会的名声。所以，他表面上好像满不在乎，做起来还是特别谨慎。

　　他把两百斤晒干筛净的早稻种子从瓦坛里取了出来，腾了一口大水缸，又筛了几百斤煤灰，拣了两担稻草，忙乎了一整天，总算把"三开一凉"的种子和煤灰拌成堆，盖上了稻草。虽然腰酸腿痛，可老汉心里还是格外高兴：说不定我的种芽比你们的还要发得齐、长得快，你们有文化的人到时候也得佩服我老汉。

第二天下午，杨古生掀开稻草，种堆里一股淳淳的酒气扑入他的鼻子，熏人心醉，他仔细一看，啊，一粒粒种子竟成了谷饭，伸手一摸，热得烫手。他目瞪口呆，不停地搔着头皮，叫道："啊呀呀，稀奇稀奇真稀奇，莫非饭粒发芽生谷粒？"

这事被左邻右舍晓得，纷纷赶来看杨古生演的好戏，一个个笑得前仰后合，有的夸杨古生真"了不起"，能让谷饭发芽。

你一言，我一语，说得杨古生老汉低头无语。正在这时，乡农业技术员小张赶来了。杨古生一见小张，满肚子怨气倾泻而出："你们说什么'三开加一凉'，全是骗人。种子催芽之前，我用开水浸了三次，再用凉水浸了一次，可现在，你看，你看。"

杨古生的话逗得大家哄然大笑。一位调皮青年打趣道："用开水把你老伴烫三次，还能生儿育女吗？"

小张说："哎呀，我说大爷，乡农科站发的浸种育秧资料上，不是明写着，'三开一凉'，就是用一个水缸装上三份开水加一份凉水兑在一起，成为较热于洗脸水的温度，把'上水'的种子放进去，反复搅匀，盖上盖子，泡十至十五分钟，然后取出催芽。说得这样详详细细，你为啥不照着做呀！"

听了这番话，杨古生老汉重重地在自己的头上捶了一拳。他三天没开口，四天没吃得六两米饭。他怨啊，损失两百斤种子是小事，可名声，这"种田里手"的名声！

他怨啊，怨。可是怨什么呢？杨古生老汉是找到了答案的。

第五天，人们发现，在村农民读书班里，杨古生到得最早，听课最认真。

（原载 1984 年第 4 期《新村》杂志）

后记：1984 年 4 月 14 日，时为四开小报的《衡阳日报》发表了我的第一篇小说习作《怨》。严格来说，本篇是一篇小小说，但当时还没有小小说的提法，后将此稿投寄吉林人民出版社编辑出版的文化刊物《新村》杂志。该刊特别受农村青年和解放军战士的喜爱，当年在全国的发行量达到 60 多万份。1984 年 9 月，这篇小说登载在第 4 期《新村》杂志，编辑改标题为《浸种》。作品文笔稚嫩，有点儿像小学生的习作。但具备了小说创作的基本要素，特别是故事情节有开端、发展、高潮、结局。应该说，这篇习作的发表给了我创作的动力，也奠定了我毕生吃文字饭的基础。

摆渡老倌

张老倌站在船头，望望那涌上钢筋水泥石拱桥的人群，看看自己空荡荡的小船，他好伤心啊！就像根根针棘狠刺他的胸口，剧烈地疼痛。

三十八年了，三十八个春秋啊！峡口一块的天，星星月亮；峡口一块的地，山山水水。他好熟悉，熟悉得就同熟悉自己的手足。在这里，他送走了多少过渡的人，去县里开会的乡村干部，上城里办事的乡亲们，上学念书的娃娃……

那天深夜，北风呼啸，电闪雷鸣，倾盆大雨扑面而来，夜色昏沉黑暗，和举行葬礼的时候一样凄惨。十五岁的虎崽叩响了张老倌的门，哀求他说："我娘心脏病复发，病情危急，求您送她到对河的医院去。"

张老倌二话没说，披起蓑衣就往外走。虎崽娘转危为安，可是张老倌的船却碰坏了，花了两百块钱修补。人也病倒了，整整躺下两个月。他清清楚楚地记得，一生一世，就只这回病得这么厉害。

事后，虎崽娘送给张老倌十张"工农兵"，张老倌硬是找回了九十九块五毛。他说，送一趟客只收五毛钱。

可是，就是这个虎崽，这两年发了"洋财"，又被推选担任团支书。吃饭没事做，找了几个有钱人家，领头修了这座钢筋水泥七孔石拱桥，断了张老倌的活路，砸了他的锅。

挤上桥的人越来越多，络绎不绝，熙熙攘攘，好热闹啊！好像张老倌和他这条小渡船已不在世上存在。张老倌越想越有气，越看越有火，摸上船头的酒葫芦，"呼噜呼噜"灌了一小半，自我解嘲地骂道："没良心的，强盗……"

骂曹操，曹操就到。虎崽带着那几个有钱人，昂首阔步，来到了张老倌的身边。真是人怕当面，尽管张老倌对虎崽怨气冲天，可见了面还是没有发泄，只是有点儿不高兴。

"张老伯，你还有点儿舍不得这条小木船，是呗？"虎崽关切地问。张老倌没作声，翻了虎崽一眼。怎么说呢，这峡口，滩浅水急，靠小木船摆渡不安全，修了桥，有什么舍不得？可是，这一湾碧水，这深山幽谷，这小木船，是他的命根子啊！他跟这一切相随了三十八年呀。他怎舍得离开这儿？张老倌淌下了两行老泪。

虎崽目不转睛地望着张老倌，似乎从他身上发现了什么。他紧紧地握住了张老倌的手，亲切地说："人啦，不能老是走自己走过的路。"他又看了看张老倌的小木船，"至于这条小木船，还可以发挥它的用场。我们几个协商好了，凑钱给您买台柴油机，安装在小渡船上，让您当个水上运输专业户。"

张老倌的眼神一下子放出了光亮，他释然地笑了，跟孩子一样，笑得那么纯真，那么坦然！

（原载 1988 年 2 月 15 日《中国工商报》）

后记：改革是利益调整，使之更合理，不是瞎折腾；创新是技术进步，使之更科学，不是标新立异。30 多年前，衡东通往衡山，靠摆渡过河，后来修了桥，摆渡人失了业一时没了生活来源。发表于 1988 年 2 月 15 日《中国工商报》的小说《摆渡老倌》即取材于这个背景，摆渡人有思想的裂变与阵痛，更有情绪的亢奋与欢欣。只有那些借改革创新之名，谋欺世盗名之实的人，才会遭到人们的唾弃，沦为历史的罪人。

精神家园

　　江从北方来，干腻了那份"一张报纸一杯茶"的工作，到南方这座开放的城市以图发展。

　　梅也是北方人，不过，她到南方已经有六年光景了。

　　江与梅邂逅在那天暴雨来时的橱窗下，乡音使他们相识，谈话自然离不开南方北方的主题。

　　雨稍稍收敛，江说："我有伞，送你回家。"

　　"回家！"梅说。一张雨伞，挡住了两颗心的跳动。

　　并肩走了一程，来到一栋豪华住宅的门口。梅给江留下电话，不过，没有带江进屋，她还不想让江知道，屋里有位款爷，那是她的先生。

　　翌日，梅接到了江的预约。他们漫步在黄昏下的海岸，话题已经不是南方北方，而是串联一个浪漫的故事。

　　有个男人假如爱上一个女人。

　　那女人并不漂亮，没有阳光一般的目光，没有深潭一样的眸子。

　　那男人同样如此，不伟岸，不英俊。

　　却令对方怦然心动。

觉得早已相识另一个遥远的时空。

最爱的就是最美的。

至此，他们没话可说了，双目中只有燃烧的火，江的下颌已经触及梅的芳唇。

突然，江的唇边感受到了一丝冰凉。

梅流泪了。

"你……"

"我是，我是一位少妇。"

"是爱情吗？"

"是婚姻！"

有时婚姻并不等于爱情。

但爱情不得不服从于婚姻。

这便是爱的——无奈！

这便是爱——的——悲——哀。

梅已经泪流满面，心灵惨痛不已。"到此了，分手吧。"

"再见。"江望着梅的背影，浑身颤动。

事后，梅一直等江的电话，一天，没有；两天，没有；五天，还是没有。她开始焦躁，七天后，收到一封北方寄来的信函：江回北方了！

还有一张精美的贺卡，正面有一朵粉红的玫瑰，旁边有江潇洒的草体：安定、温柔、纯情的梅，永远是我精神的家园！

手捧贺卡，遥望远方，梅的心海一片迷茫。

（原载 1993 年 5 月 23 日《衡阳日报·星期天》）

彩色人生

那场雨纷纷扬扬，你走了。

我没回头，任风将我的泪吹干，雨将我的头发淋湿，将我的心淋湿。

独自蹒跚于冗长昏暗的路上，却执着地将一个又一个影子抛在身后。

银行伸出了热情的手，牌子亮了出去，"新星服装店"。街头，金灿灿的。

小店，盛着街头流行色、第三次浪潮；贮满笑浪，贮满火红的日子。

元旦，晚间新闻的银屏，一个熟悉的名字，一串轻捷的身影。

说的是一个二十岁的姑娘，冲破世俗阻力，辞去国营工作，开办个体服装店，成了致富道路上的"冒尖户"，不仅如期还清了贷款，而且存款上万元，上缴国家税金超万元，资助福利事业达万元。

那就是我！

一连串的日子，你的身影频繁地在小店周围徘徊。头，很沉；心，似乎也很重。

又一个清丽的早晨，我启开店门，迎接彩霞的微笑。

你，终于站在霞光中，店门口。

"可以出去走走吗？"你抬起头，眼神执着而热烈。我欣赏你这点儿男子气，正因为这，我始终不能从梦中赶走你，尽管我也恨过你。

我无语！泪花，晶莹晶莹；心头，酸甜苦辣咸，打了个五味瓶。

"你是对的！"你停了停，"不过，我也是对的。价值在升华，理解在升华。人生，总与风风雨雨同伴；爱情，自不例外。一场雨，算得什么呢？生活是五彩缤纷的。"

我无语！任缄默的泪，吧嗒吧嗒掉在你的手背。

呵，这五彩的人生。

（原载 1988 年 11 月 7 日《湖南金融周报》）

拾"弹片"的孩子

放学后，村里的禾坪便成了孩子们的乐园。

今天，勇勇带领着他的十多个兵将，正在玩打仗的游戏。他右手紧握小木枪，左手撑在弓起的膝盖上，眼视前方，俨然一个战斗指挥员的形象。他和他的"士兵"的胸前，一律整整齐齐地佩戴着各式各样的"手榴弹"：农药瓶、酒瓶等，好一个"严阵以待"。

"打！"勇勇一声令下，顿时，"手榴弹"同时爆炸，前方阵地开了花。农药味四散。

"别打了，别打了！"

战斗正在激烈地进行，突然，远处传来小学生樊保的叫声。

"什么事？"勇勇调头一望，发布命令，"停止作战，整队集合！"

十几个孩子立即刷刷排成一条长队。

樊保气喘吁吁地跑到勇勇的跟前，说："你，你们不要随地打碎玻璃瓶。"

"樊保同志，我们是为和平、为正义而战，请你不要充当调和派。"勇勇一本正经地说。

"不，你们这是破坏环境，我听爸爸说过，国家早就颁布了

《环境保护法》，你们这样做，是犯法的。"樊保据理力争。

"嗨！去你的吧。"勇勇推开樊保，调头对"士兵"命令道："继续战斗！"

"你们，你们目无国法！"樊保气愤地说。

他望着地面到处都是的玻璃碎片，嗅着农药味，心里急得像油煎。他想：自己先把这些碎片拾拢，免得害人，明天跟老师讲一讲。

于是，樊保低下头，弯着腰，认真地拾起玻璃碎片来。"哎哟"，不小心，樊保的手指被划了一道口子，鲜血直流，失声叫了起来。

听到叫声，勇勇他们连忙跑过来。看到樊保手指鲜血直流疼痛难忍的样子，心里难过极了！他们毕竟是同学啊！勇勇连忙走到樊保身边，从身上扯下一块布条，帮他包扎好，低着头说："是，是我不好。"

樊保赶紧说："我不要紧的，就是担心农药瓶碎片留在地上，划破脚，或者混到谷子里。"

勇勇接过话说："樊保，事是我们做错的，我们改正。"他又回头对大家说，"现在，大家一齐动手，把这些'弹片'拾拢来，埋到深坑里去。今后，我们再也不随便打碎玻璃瓶啦！"

"好！我们一齐动手！"樊保高兴地笑了。

没多久，"弹片"被收拾得干干净净。

事后，勇勇和樊保他们商议，向县教委发出倡议，要求全县小朋友保护环境，不乱打碎玻璃瓶。县环境保护局的叔叔阿姨们知道了这件事，还联合县教委通报表扬了他们。

（原载 1990 年 3 月 29 日《环境保护报》）

苦　酒

　　贤惠的妻子没了，应该属于自己的亲骨肉没了，幸福的小家没了！张雄好后悔哟！事到如今，他能说什么呢？只有含泪默默地吞下这自酿的苦酒。

　　张雄本来是非常幸福的。他出生在一个极富裕的家庭，父母结婚十五年后才得到他这个宝贝儿子。中年得子，自当更加厚爱，夫妇俩几乎把全部心血都倾注到了这个独生子的身上。

　　张雄二十四岁那年，跟邻村一位二十三岁的女青年相爱了。姑娘名叫刘晓红，白嫩嫩的皮肤，红扑扑的脸蛋，身材苗条匀称，为人正派贤惠。张雄与她相爱，人称天生一对，地配一双。

　　父母年近六旬，抱孙心切。当他们得知儿子与晓红相爱的消息后，心花怒放，喜笑颜开，马上催儿子趁早把婚事办了。张雄深深理解自己父母的心愿，当即应承下来，并半开玩笑半认真地向父母许诺："结婚后，一定尽早让两老抱上孙子。"

　　事情很顺利，两个月后，张雄与晓红就幸福地结合了。

　　洞房花烛夜，已是晚上十二点，新婚夫妇终于歇下来。张雄趁此机会向晓红透露了自己跟父母的许诺，晓红指着他的鼻子说："想得倒美。"可说句内心话，晓红想的也和张雄一样。自己已经二十四五岁的年纪了，也应该为张家孕育一个后代，让二老高兴高兴。

可是，非常遗憾，话说得太早了。结婚将近半年，晓红却毫无怀孕的迹象，例假照来不误。于是，两口子互相埋怨起来，两个人的态度都强硬，你说我没用，我说你没用。相持不下，最后只好决定：去医院检查。

检查结果：夫妇俩生育机能都很正常。这就怪了，张雄自幼娇生惯养，性格暴躁，但又死要面子，不敢把事情明讲出来。当父母几次向他催问时，他总是支吾着说："快了，快了。"背地里就发晓红的脾气。

两年三年过去，小两口烧香拜佛，头磕得山响；算命卜卦，不下百十次。花去一笔钱，讨得一句"明年春夏交界之际，观音菩萨定会送子归阳。"可结果，秋冬交界还不见胎儿的影儿。

离婚吗？不可能，夫妇俩除为没生儿女背地里叽咕几句外，感情还是蛮融洽的。

转眼七年过去了，张雄夫妇万般无奈，张家父母也死了抱孙子的心。于是，全家合计，从附近抱养一个男孩，取名张振家，振兴家业之意。

事情如此办理，也算了却了全家人的一桩心事。可天下事情就那么巧，就在抱回张振家的两个月后，出现了奇迹：晓红怀孕了。

也算幸事！张雄却犯愁了：六七年过来了，一直没怀孕，如今突然怀起孕来，是我的吗？看着儿媳日渐腰粗臀圆起来，父母也犯愁了。他们问张雄："真怪，几年没有，如今却来了好事，咋搞的？"张雄无言对答，心里更觉蹊跷。忽然，一种异样的想法跃入了张雄的脑海。

不久后的一天，正是个赶集的日子。晓红准备上街去扯块布料，张雄满口答应了。可是，晓红刚出门，张雄便尾随其后。走到集市口，晓红恰好遇到了娘家一位和她年龄相仿的后生仔，便礼貌地跟他搭讪起来，并一起往布摊走去。扯布的时候，晓红礼仪性地问那位后生仔，扯哪种布料好。这一切，都被躲在后面的张雄看见了，一股妒火顿时在他心头燃烧起来。他再也忍不住了，直冲上去，扇了晓红两耳光，大声骂道："你们两个畜生，难怪，你肚子大起来了。"

"你?"晓红顿时气得脸色铁青，声泪俱下，骂道："你这个雷打火烧的!"然后像疯子一样，冲出人群，跑回了家里。当着这么多人的面，受到这莫大的侮辱，她觉得再也没有脸面见人了，越想越想不开。为了证明自己的清白，一气之下，朝屋前的一口水塘扑去。多亏乡亲们的抢救，才幸免于死。

经过大家的开导，晓红打消了死的念头。可是，夫妻关系却决计不能再维持下去。当天下午，她跑到医院做了人工流产手术。同时，给法院递交了离婚起诉书，态度坚决。

气头之上，张雄也没过多考虑，就在起诉书上签了字。七年夫妻，就这样草率地分离了。

事后，张雄思来想去，觉得便宜了晓红，不甘就此罢休，他要找到确凿的证据对晓红进行报复。他来到晓红做人工流产的医院，医院的李医生接待了张雄。听了张雄的陈述后，李医生大为惋惜，道出了个中原委：良好的心理因素是生育的前提之一。由于张雄和刘晓红求子心切，每每都是抱着破釜沉舟、背水一战的心理，由此带来过分紧张的情绪；而铺张办婚事应酬极大，身体、精神都很疲劳，受孕机会随之减弱。七年后，他们抱养了孩子，喂养及其他家务分散了注意力，减轻了心理压力，有利于怀孕。

"你仅凭晓红跟别人说话、走在一起就断定妻子有作风问题是极其荒谬的。"

听了李医生的讲述，张雄如梦初醒，大呼"不该，不该！"可是，愚昧无知已经造成了不幸的后果，现在后悔又有什么用呢？

（原载 1989 年第 4 期《爱情婚姻家庭》杂志）

月光分外明

走过茶子岭，翻过长岭坡，站在凤凰山顶，乡政府闪闪烁烁的灯光终于映入了眼帘。这时，杨援文老汉已经气喘吁吁，上气不接下气，那双脚也有点儿不太听使唤了。

"老了，没有用了，歇一会儿再走吧。"他抬头看了看当空的月亮，"时候尚早，反正乡政府就在眼前了。"

也难怪，杨老汉今年六十有八，再过两年就是古稀之人了。十几里夜路，上坡下坡，高高低低，就是二十挂零的后生仔也不好对付。

这大早，杨老汉要去乡政府做什么呢？

午后，杨老汉和儿子喊了台"手拖"，送了十头瘦肉型生猪交乡食品站，又把猪款存入银行，愉快地走在回家的路上。突然，偶尔听到有人在李书记长、李书记短地谈论着。他杨援文素不喜欢道听途说，可一听有人议论李书记，心里就像吞下个棒槌——横竖都窝心。定要与你论个究竟，争个高低。

杨老汉如此戒备有人议论李书记，事出有因。前几年，杨老汉一家人多劳少，加之每个工日才值九分钱，家里穷得叮当响。近两年，政策好了，老汉一家也慢慢过上了富裕的日子。由此，老汉又想做大家业。听人说，养育良种鸡最挣钱，他便专程跑到大城市的养鸡场，购了八百只良种鸡。谁知，一缺技术，二缺饲料，买回来不到两个月，就死了六七百只。一气之下，杨老汉把剩下的鸡全宰了。这下倒好，鸡没养成，家里积蓄用个精光，还欠下一屁股债。杨老汉茶不思、饭不进，气得病倒在床上。

正在这时候，乡里调来了一位年轻的李书记。李书记上任第一天就听到了杨老汉养鸡失败的消息，他放下背包就风尘仆仆赶到杨老汉的病床前，拿出十张"工农兵"递到老汉的手里，安慰他说："留得青山在，不怕没柴烧。先把病治好，不吃不喝长期躺床上要不得。""唉，家里糟蹋成这个样子，死了也好。"杨老汉唉声叹气，泪流满面。

"哪里话，老杨叔，你得为孩子们想想啊。还是好好盘算盘算今后的日子吧。"

"捏泥巴的只得靠捏泥巴，这泥巴里能盘算个啥东西。唉，床上甩鼻涕，甩到哪里是哪里吧。"杨老汉显得无可奈何。"这可不行。我今天来是向你推荐一项新的致富门路，饲养瘦肉型猪吧，养这种猪成本低，收益高，销路也好。现在人们生活水平提高了，特别是城里，大家普遍喜欢吃瘦肉不吃肥肉，能挣大钱的。"杨老汉心里为之一动，眼里闪出一丝光来，可马上又暗淡下来，"屋里成了这个样子，还养得起那个东西？再说，资金、技术、饲料哪里弄。"希望一闪即逝，老汉似信非信地望着眼前这位年轻的书记。

"老杨叔，不要担心，我已经跟县畜牧局联系好了，他们派人指导，至于启动资金，我负责替您跟乡信用社联系。"

那夜，外面虽然北风呼啸，屋里却是暖暖烘烘，木炭火拨了又黑，黑了又拨……

杨援文的病很快不治而愈，在李书记和县畜牧局的大力支持下，他的瘦肉型生猪养殖场也迅速办起来了。就这样，一年，两年……家里发生了翻天覆地的变化，盖起了"小洋楼"，添置了电视机、小摩托，还打算买一辆"小四轮"搞运输呢！这一切，不都多亏李书记的扶助吗！

他追上那两位过路人，问明了原因，原来乡里号召农民筹资改建中心小学。动工后，由于规模扩大，资金跟不上，眼见材料购不回，直把李书记急得有痰吐不出。

"这孩子！"杨老汉像是埋怨自己的儿子有困难不跟自己商量、不信任自己似的。他一阵飞脚跑回家，召集全家人，开了个家庭会。"我们不是上交了筹款吗？"儿子有点儿不理解。

"少了。"

"前些天，你拿出一笔钱购买科技书送给乡亲们，家里还有几个钱。"老伴噘起了嘴巴。

"您不是说家里还要买台'小四轮'吗？"

杨老汉不想耽误时间，打断大家的话："我问你们，这钱是咋来的，不是国家的好政策，不是李书记的大力帮助，我们能有今天吗？只知道买这买那，就没想过孩子们没有个像样的读书的地方，还想让你们的子孙后代，像我们这一代人一样，当睁眼瞎、当糊涂虫吗？忘本啦。"

大家看到杨老汉动了感情，没有一个敢作声了。想想老人说的也确实在理，就一致默认了。担负家庭"财政部部长"的老伴转身从柜里拿出了当天开出的一万元存折，交给了杨援文。杨老汉接过存折，晚饭也顾不上吃，趁着月色，风尘仆仆上路了。晚风轻轻吹过，叫人格外惬意。杨老汉真想久歇一会儿，可是，谁晓得李书记现在急成怎样，兴许，他正在召开党委会研究这事呢。走吧，今夜月光分外明！

星星眨眼笑

夏日的黄昏，西边的余晖尚未褪尽，星星却已爬上苍茫的天宇闪烁着动人的眼睛。村里的清水湾，清澈见底，水平如镜，满天星斗映入其中，水天相映，仿佛把清水湾包裹在一个无边无际的圆球里。这里，白天是男人们的天地，夜晚，却成了女人们的乐园。

吃过晚饭，玉贞和晓兰相约来到了清水湾。她们脱了衣裤，"扑通"跳进水里。

"真痛快啊！"晓兰边扑腾边大声地叫嚷。

她们在水湾里尽情地嬉笑，自由地打闹，任清凉的池水赶走酷暑的炎热，洗掉满身的汗渍，驱除劳动的疲乏。

晓兰趁玉贞没有注意，猛地把手伸进她的腋窝，触及敏感的胸脯。

"哎哟，死妹子，真缺德！"玉贞电击一般，全身酥软软的、痒痒的感觉。

"嘻嘻嘻——"晓兰边笑边溜。"我非得教训教训你不可。"玉贞蹚水追了上去，对准晓兰的脸猛撩水。

"哎呀，饶了我吧，我再不敢了。"被水呛得喘不过气来的晓兰终于举手求饶。

玉贞这下才停下手来。突然，远处传来"嗯唷嗯唷"的声音。

玉贞和晓兰双双歇下手来，用眼睛和耳朵寻觅着发出声音的地方。晓兰耳聪目明，一眼看到和听到了发出"嗯唷"声的所在，"你看，新媳妇肖敏，她……她在挖油菜田。"

玉贞朝晓兰指的方向一望，"是她，果然是她。唉，真是可怜，丈夫还没进新房先进了牢房，公公婆婆都是七十多岁的人了，丢下她一个，里里外外一肩挑，难啦。"

"这一阵，她一天到晚灰溜溜的，见人就避，好像做了一件什么见不得人的事。唉，又不是她犯法。"晓兰低声说道。"我们去看看她吧。"两人边说边爬上了岸，朝肖敏家的稻田走去。

靠近肖敏，两人关切地问道："肖敏，这个时候了还在挖田啊？"正在集中精力挖田的肖敏，开始并没有发现她们两个的到来，听到说话声想转身躲开，可已经来不及了，只好应付道："打就的草鞋生就的命，八字注定的。"

"哪有什么八字。"玉贞和晓兰走到肖敏的身边，拿过她的锄头，与她闲聊起来。

"这一阵，我们发现你比刚嫁到我们这里来的时候瘦多了。"心直口快的晓兰直言不讳地说道。

玉贞瞪了晓兰一眼，又关切地问肖敏："有什么心事能跟我们说说吗？"

"我……"肖敏看看玉贞，又望望晓兰，欲言又止，眼眶里注满了莹莹的泪光。

玉贞拿下肩上的毛巾，擦干肖敏脸上的泪水，又亲切地对肖敏说："肖敏，你别哭，要是你信得过你贞姐和兰妹，就听我们说。我问你，你是不是真心爱他？"

肖敏咬紧嘴唇，点点头，又说："可以后，怎么做人呀……"

"我知道，你和他有感情，又恨他走了这一步。可是，你当初也太不小心了，他讲这么大排场操办婚事，你为何不问问他，哪来这么多钱，你说是不是？"

肖敏点点头。

玉贞接着说："如今，他因为挪用村集体的公款坐了牢，你就觉得没脸做人，抬不起头，别人也瞧不起你……"

"肖敏，我们决不会看不起你的！"晓兰插嘴道。

"是呀！"玉贞说，"大家怎么会瞧不起你呢，做错事的又不是你。你应当抬起头来，面对现实，勇敢地生活。你要是真心爱着他，就要不畏人言，扎实做人，以自己的实际行动去激励他、感化他。现在我们的政府允许犯错误，犯了错误改了就是好的。他要是能痛改前非，重新做人，还是值得你去爱。""贞姐、晓兰……"肖敏紧紧地抱住两位年轻的姐妹，滚烫的泪水哗哗流下来。

"哎呀——"当泪水流到玉贞和晓兰光滑的肌肤，她们才突然意识到，自己仅仅穿着内衣和内裤，红润立刻涌上她们的脸庞。星星眨眼笑，仿佛就是偷看她们的男人。

取　名

自从生命在妻子的怀中开始孕育，即将走向父亲行列的毕雄先生，便开始酝酿给孩子取一个高雅别致、寓意深远的名字。

龙凤、元得、发财、仁智……俗不可耐，岂不有辱自己断文识字的美名。

学海、学强、志文……寄希望后代知书达理、学识渊博，却亦有附庸风雅之嫌，况且，此类名字已经是司空见惯。

对了，这如今时代的潮流不是流行叠音名字吗？勇勇、兵兵、巍巍、涛涛……似乎新潮，可这叠音的两个字，又如何能承载为父殷殷的期待。

于是，毕雄专程赶往县图书馆，查阅了各种版本的馆藏字典、辞源、辞海，又请教了诸多老先生，直到婴儿出生前夕，终于敲定三个名字：国雄、航宇、振邦。

这天，妻子临产，毕雄立即将其送往医院，从早到晚守候在产房的门口。

"吱呀。"门开了。

"恭喜你，添一个美丽的千金。"医生非常客气地向他表示祝贺。

"千金？"毕雄快步跨入产房，看了看婴儿，顿时像泄了气的皮球，瘫倒在地。

"请取个名字吧。"白衣护士手拿婴儿登记卡，提醒毕雄道。

"名字？"他预备的名字里竟不曾有一个适于用在女孩的头上，一时不知所措，只好说道，"随便吧。"

"不行！"婴儿的母亲挣扎着抬起头来，"我来取，叫毕赛雄！"

"毕赛雄？"

毕雄愣住了，呆呆地站在屋中间，半天说不出话来……

跟　头

　　记得那年我才十六岁，我看到的天只是湛湛的蓝，看到的地只是浓浓的绿，那么人世间，就是一幅优美的画了，人生也就实在地顺畅与淋漓。正是那一年，乡中学调走一位公办教师，在文化人较为稀缺的那个年代，我这刚刚走出校门的高中毕业生，便侥幸地当了民办教师，神气十足地走上了三尺讲台，教牛顿第一定律，教两点间的距离直线最短。

　　于是，我的那些还在寒窗下苦啃"abcd"的同龄人，见到我便不无敬意地"侯工侯工"叫得起劲，确实让我这年少得志的"人类灵魂的工程师"臭美得神魂颠倒、夜不成寐。我也不辜负这太阳底下最为神圣的赞誉，"手执教鞭，心怀天下，立志为国育英才"。

　　不久后的一天，学校召开校务会，乡长应邀光临指导。讨论到我教的班级应该开设几节劳动课，我的意见与乡长发生分歧。乡长执意每周要开八节，我却说遵循教育教学规律，最多只能开三节，否则就是误人子弟。唇枪舌剑争执不休，乡长终于忍无可忍大发其火："你，太不像话！"最后不容分辩撂下一句"听我的！"

　　岂料年轻气盛的我，丝毫不作退让，据理力争道："你是乡长，我是乡民，乡民应该遵守哪些乡规民约，我当然听你的；我是教师，我教的班级怎样安排课程，对不起，乡长先生，听我的！这才像话，否则，才是太不像话！这叫学有专长，术有专攻，社会分工不同，服务性质一样。此乃马克思倡导的一条基本准则。"

"你，太放肆！"乡长的脸红一阵，白一阵，终于拍案而起愤然离去。

乡长这般恼羞成怒，倒是我始料未及。其实，这有什么呢？这没什么嘛，平常，同学同事之间，比这更激烈更尖锐的争执几乎司空见惯习以为常，争过吵过之后，一如既往，照样天南地北古今中外神侃至极，照样围拢一张圆桌甩老 K 兼评谁的老婆够打多少分。

事后，同校一中年教师作城府很深状不无忠告地对我说："你啊你啊，摔了个跟头呢。"

当时，我还真不明白这"跟头"一说究竟作何解释，我到底什么地方摔过跟头。我查过《辞源》，又翻了《辞海》，那上面对于"跟头"一词有诸多种解释，我挖空心思细嚼慢咽，竟始终难能对号入座，心地便坦然剔透，只把中年教师的忠告当成戏言罢了。

时间像门前的小河，哗哗淌过一天又一天。日子挤挤挨挨走到期末考试，我的学生很是为我这"小园丁"争了口气，所教数学、物理两科统考成绩，均在全乡名列前茅。年终评比先进，尽管我再三推让，全校教师还是齐刷刷投了我的赞成票。那一阵，我被这成功的喜悦冲涨得几乎没有正儿八经走过路，总是蹦蹦跳跳兴奋得忘乎所以。

然而，大会发奖的那一天，我却出乎意料地榜上无名。当时，我还真感到有些委屈，评比先进的时候我一再推让，我说我初生牛犊来日方长，却硬是报了上去；评了又给取消，这先进要不要倒没什么，可这，岂不是成心寒碜人嘛！

还是那位中年教师看出我的心思，他伸长脖子咬住我的耳根窃窃道："我说了啊，你摔了个跟头呢。评先名单报至乡党委审批，乡长说你傲气太盛，要杀一杀。"

"我……"满腔血液喷喷上涌，两只拳头捏出汗来，可毕竟未敢造次，只有目瞪口呆、无言以对的份儿。昏昏然呆坐会场，浑身掠过一丝毛骨悚然的感觉，没有了哪怕微小的抗争的力气，尽管并非仅仅因为是否评上先进，只能是默默无语地忍受了那个跟头给我带来的沉重的创伤。

自此之后，我便小心谨慎地做人，小心谨慎地走路，生怕再摔跟头。然而，面对漫漫长路，我总惶惑地感到丝丝的惆怅和迷茫，总觉得自己失去了许多人生最宝贵的东西。

（原载 2006 年 6 月 23 日《衡阳晚报》）

唉，文人

　　承蒙文化界前辈的栽培与编辑先生的厚爱，鄙人时有拙作见诸报端。这不，S 文学季刊还准备发表我的一部中篇纪实文学呢。劳作之余，孤芳自赏，亦自得其乐。

　　可是，不久后的一天，S 编辑部给我来信：您的作品照发，稿酬亦付。只是，能否为我们代销部分刊物，现在我们不得不考虑出刊的经济效益啊。

　　作品，绝对要发，何况是部中篇呢！只是，自古以来，仕不贪财，文不经商，这做买卖的事，岂是我等文弱书生所能担承。唉，编辑部时下也有难处，还是暂且答应下来吧。

　　文章总算发出来了，可我的身上却落得了一个沉重的包袱：仅有九点多平方米的宿舍里，被一大堆期刊占据了半个空间，行动也委实不方便了。

　　农家女的妻，倒不感到什么为难的。她知道，书，毕竟是能够换得钱的。催了我几次，看着这碍手碍脚的"劳什"，我不得不妥协："好吧，明儿个星期天去试试。"

　　翌日，我鼓起勇气，趁大早起来，装上五十本期刊，瑟瑟缩缩地走上街头，那神情，准有人以为我是做了小偷什么的。在离汽车站不远的一条岔道口，我放下了背包，却始终没敢把书拿出来叫一声，只掀开了背包的袋口一边，露出书的一角，自己却站到了离背包四尺多远的花坛边去了。

时间到了上午九点，还没吃早饭，肚子也开始咕咕叫起来。可是，书还没卖出一本呢。我一肚子怨气，提起背包，准备回家了事。恰在这时，对面走过来一位熟人，他叫刘军，个体户，生意场上正大显身手，业余也喜欢弄点儿文字，自然与我交情不错。

"老兄，您这是在做什么啊？"小刘很热情地跟我打招呼。"唉……"我尴尬地向刘军讲起了自己的苦衷。"哦，这有什么犯难的。"刘军拍拍自己的胸脯，"你这五十本，我一人买了，大不了百来块钱嘛。不过，这里可不是卖书的地方。走，把您家里的书背来，跟我到汽车站去，你知道吗？你是我们县的名人，熟悉你的人很多，只要一叫嚷，你那些书包你两天就卖完。"

"这，这不行吧？"我感到有些难为情。

"哎，这有什么不行的？你们这些文人呀就是怪脾气，老是慨叹自己待遇低，整天唠叨拿手术刀不如拿剃头刀，拿笔杆子不如拿勺把子，可眼下有现钱，也不敢名正言顺去赚。"

经不住他的怂恿，我从家里把一大捆期刊抬到了汽车站。刘军抽出四五本，毫无拘谨之意，大声叫嚷："卖书，卖书，最新版本，本地作者所著新潮流纪实文学，欢迎购买欣赏！"霎时间，围上来一大群人，你拿一本，我选一册；我一边收钱，一边跟他们交谈着，遇上热情相求的读者，也欣然冒昧地在书上题上几句，以作纪念。不到两个钟头，一大捆书销售一空。

回到家，我的心情甭提多高兴啦。我开始意识到，要把书卖出去，只有走这条路。以后，我便独自卖起书来，起初只是小声地叫嚷，买的人多了，竟自然地仿照起刘军的腔调大声喊叫。把书全部卖完，我跟家人一算账，还赚回了八十多块钱呢。

于是，我跟家人商量，干脆再搞他两百本来，一则补偿些月薪花销的不足，二则为编辑部助一臂之力，妻欣然同意了。

一个星期天的晚上，我和家人正在核算当天的经济效益，突然，文化站的刘站长走了进来。今天，他的心情似乎非常沉重，脸上的表情显得很严峻。我想：发生了什么事呢？

一阵寒暄之后，老站长终于拉上了正题。他关切地问我："小王啦，近来家里有些什么困难吗？有的话尽管说，我会替你想办法的。"

"没有啊，家里还宽裕了一些呢。"我很轻松地回答。

"哦，是，是。"刘站长停了停，接着说，"小王啦，近年来你在创作上有些成绩，这都是可喜可贺的啊，站里也沾了你的光，你可要发扬下去哟。"刘站长的语气始终平缓而沉闷。

"刘站长，您说到哪去啦，我取得一些成绩，还不是你们帮助的结果。"

"好了，别说这些了。"刘站长抬眼看了看我，说，"近来有些反映，说你，说你做生意了。"

"做生意？哦，那只是利用假日卖了几本期刊。刘站长，眼下商品经济的浪潮冲击着整个社会，文化面临解体，我们要生存，只有扫除自己的劣根性……"

"求富的过程，即是滋生罪恶的过程，沾上铜臭的人能写出不朽之作吗?"刘站长加重了语气，"中国最负盛名的诗人李白，在富贾满长安的时候，自负'天生我材必有用'，恃才傲物，视金钱如粪土。"

"刘站长，李白的晚年可是穷困潦倒啊，幸遇那位有权有势的远房亲戚李阳冰，乃极尽巴结吹捧之能事，写了很多肉麻的诗文敬献李阳冰，才使得晚年不致过于悲惨。当然，文人主要是从文，可文场商场两不误的人也有啊，香港诗人犁青不就是突出的吗?"

"你……"刘站长的脸一阵红，一阵白，气得说不出话来。

没想到我这一通话，惹得老站长如此伤感。我立即上前扶住他，"刘站长，我，我不该说，是我错了。"

刘站长瞪了瞪眼睛，说:"要是你再去干那上街叫卖的事，我，我这个站长就不便当了。"

"哦，不，站长，你不同意的事，我，我再，再也不干了。"沉默许久，思前想后，考虑再三，我终于妥协了。

刘站长静了静神，点着头说:"是啊，怎么能跟香港比呢！我知道，你爱人的户口还在农村，家里经济是困难点儿。我会给你走路磨牙的，踏破局长、部长家的门槛成不成？那上街叫卖的事，可千万别再干了啊。"说完，吃力地站了起来，朝外走去。

我把刘站长送到门外，望着他那佝偻的背影，掉头叹息道:"唉，文人哪。"

（原载 1989 年 1 月 1 日《衡阳日报》，获《年轻人》杂志社"全国青年文学社团征文小说类"三等奖）

后记：中国古代"仕不贪财，文不经商"的理念，从制度设计层面来讲，有其合理性，由此形成了古代先贤"自信、清高，不为五斗米折腰"的性格特征。当然，蕴含其中的对于商人、商业的歧视，则另当别论。正因为这种理念在中国文人心中的根深蒂固，当改革开放的春风劲吹神州大地的时候，文人观念的转变则是一个尴尬的过程。《唉，文人》这篇小说，就是这种改革阵痛的折射。

心神不定下的小说文本（跋）

从湖南文艺出版社 1985 年第 4 期《新天地》杂志发表的第一个短篇小说《卖房》，到 2024 年第 11 期《青岛文学》杂志发表的短篇小说《将爱束之高阁》，中间有过四十年的时间跨越。在漫长的历史长河中，四十年只是昙花一现，而在人生的隧道里，四十年却足以解读其经久与沧桑。

过去忙于工作，无暇顾及回眸留下的这些文字。退居二线，才有时间梳理散落在书房里的旧墨故纸。在朋友的怂恿下，拟对四十年的码字生涯做个展陈，分别归整为小说、散文、报告文学、杂文、政论文五个集子，先整理小说、散文、报告文学三类作品。

漫漫四十年人生旅途，就小说创作的视域而言，留下这薄薄的一本集子，是不是有点儿愧对时间的恩赐？委实有一些。假如当年一门心思往文学道儿走，并坚定小说创作的初衷，或许今天亦略有成就。

但人生不可复制，人生也不可能同时蹚入两条河流。我从一个农民的儿子，当上民办教师，走上公务员队伍，从偏远的乡村来到城里生活，走上领导岗位，能在一个小的领域实现一些小小的人生抱负和人生价值，我是感觉这个世界对自己已经足够呵护和庇荫，我只有心存感恩的份儿。

说到自己的小说创作，大体可以划分为两个阶段吧。

第一阶段，二十岁到三十来岁。那时初生牛犊不怕虎，邯郸学步，鹦鹉学舌，炮制过不少的小说篇什，但总体而言，我定位为"跟风文学"，从"主题先行""道德灌输"到"伤痕文学""寻根文学""改革文学"，都有过尝试，《卖房》《鬼妹子》等作品，都有些道德使命的元素存在；《摊子客》《唉，文人》《摆渡老倌》，则彰显了改革的抉择和阵痛。

关于"主题先行"的作品，近期读过一篇对前辈作家赵树理的评论文章，说是要让赵树理"走出"文学界，尽管作者对赵树理并无人格上的贬低与亵渎，只是把赵树理定位为"革命的践行者"，而非纯粹意义上的文学家，这或许是一个还有待历史检验的命题。但就我目前的认知水平，当下的文学界似乎有一股思潮，一味拿着西方文学价值的评判标准，而对"主题先行"的作家作品进而对新中国文学持一种彻底否定的态度，我们暂且不去讨论诸如中国几千年"文以载道"的理念以及诸多的政治概念，"革命文学"作为文学百花园中的一个流派是不是可以让它存在呢？

二十一世纪初以来的二十多年，由于自己从事的是公文类的写作，几近远离小说创作，但在这期间，我还是在关注文学，也出席一些文学活动，更重要的是也一直没有离开文字生涯，在《中国党政干部论坛》《中国政治》《领导科学》等刊发表了大量的文章。这二十多年，虽然没有直接创作小说，但生活的历练，尤其是从事论文写作，应该说对后来的文学创作无论是生活的凝练，还是思想主题的升华，都奠定了一定的基础。

第二阶段，退居二线直至退休前后的两年时间，让我有了一些闲空眷顾青少年时代的梦呓，找到文学的皈依，再次把小说创作作为自己文学创作乃至生活日常的目标和方式。通过一些小说文本的阅读，发现当下的文学表达，无论是语言技巧、内容形式，还是文本结构，都发生了深刻的变化。但正因为有前二十年的文学历练与后二十年的生活积淀，没费太多周折也走进了沉浸式的创作状态。

在这两年多时间里，我创作了《静心殿》《日子咋过》《将爱束之高阁》《村庄叙事》等小说作品。应该说，这几篇小说作品，语言、技巧较二十年前，都有较大的改进，更让自己认可的是，有了自身文学价值的判断，并遵循这个判断去从事自己的写作，我想这才是真正的跨越和进步。

当年，我在一所偏远的乡村学校任教，作为一名社会最底层的文学爱好者，见到的书报资料太少，信息来源的渠道也很窄，只能依据群众文化的需求和刊物用稿的导向做一些文字的表达。所以，那些年写作的文体五花八门，涉猎小说、散文、报告文学、诗歌、杂文、曲艺、童话、寓言、新闻通讯等，手头能够读到什么书，看到些什么作品，就学着往这方面写，写完就往刊物投。这次在整理过去的资料时，发现有三篇童话寓言，颇是费了一番考量，究竟把这三个小东西放到哪个文本集子里去呢？又不想弃之不管，最后考虑到童话寓言的叙述方式和主题表达与小说接近，还是放到小说集里，有点儿生拉硬扯，也只能就此作罢。

《静心殿》是我重新回到文学怀抱创作的第一篇小说作品，也是第一次在中文核心期刊、第一次在文学大刊发表的小说作品。从阅读的本质内涵来讲，小说阅读也是一种最好的让心灵得以宁静的方式，故以《静心殿》作为小说集的名字。

正是因为创作文本的多样性，创作时间和精力的不稳定性，所有的所谓作品只能是心神不定下的产物。长也罢，短也罢，优也罢，劣也罢，就这样尘埃落定、交稿付梓了。书的结集，只是对自己创作生涯做个历史的见证，其水准品味的高低，交由读者去评判吧。个中况味，就只能是安之若素，冷暖自知了。

在本书编辑出版过程中，得到了诸位师友的关心支持，湖南文艺出版社社长、湖南省诗歌学会副会长、作家、书法家陈新文先生欣然题写书名；湖南省文学评论学会副会长、衡阳师范学院文学院院长、教授任东华先生拨冗作序；成都当代图书出版公司整体策划，精心编排；本书责任编辑认真审阅全书，精益求精。在此，谨向各位师友和同仁、编辑，表示最诚挚的感谢！

2024 年 10 月

著名作家、第九届茅盾文学奖得主李佩甫先生与作者合影

阅读，使人们
何其富论唯一
捷径。

与侯德康先生题

李佩甫
丙申秋.

李佩甫先生给作者的题词